100人の先生が選んだ
こども古典

横山験也◆編

1分で音読する古典

ほるぷ出版

この本《ほん》を読《よ》むみなさんへ

小学校《しょうがっこう》の国語《こくご》で、新《あたら》しく古典《こてん》の勉強《べんきょう》が始《はじ》まりました。古典《こてん》に触《ふ》れることは、それだけで美《うつく》しい日本語《にほんご》に触《ふ》れることになり、日本語《にほんご》の豊《ゆた》かな表《ひょう》現《げん》の素晴《すば》らしさを感《かん》じとることができます。そこで、たくさんの古典《こてん》を読《よ》んでもらおうと、この本《ほん》を作《つく》ることにしました。

たくさんの古典《こてん》のなかから、どの古典《こてん》を読《よ》んでもらったらいいのか選《えら》ぶために、全国《ぜんこく》から１００人《にん》の先生達《せんせいたち》に協力《きょうりょく》してもらい、選《えら》んだりけずったりして、25点《てん》の古典《こてん》の言葉《ことば》を選《えら》びました。この本《ほん》は第《だい》2巻《かん》です。1巻《かん》より少《すこ》し長《なが》めの、1分程《ぷんほど》で読《よ》めるよりすぐりの古典《こてん》です。ひとつひとつの古《こ》典《てん》には、先生達《せんせいたち》の熱《あつ》い思《おも》い入《い》れがあります。それを書《か》いてもらい、皆《みな》さんへのメッセージにしました。

また、古典《こてん》の漢字《かんじ》のふりがなを、本文《ほんぶん》の左側《ひだりがわ》に記《しる》しています。これは、漢字《かんじ》を先《さき》に見《み》てほしくて、このようにしています。縦書《たてが》きの文《ぶん》は右側《みぎがわ》から読《よ》むので、右《みぎ》にふりがなが書《か》いてあると、漢字《かんじ》より先《さき》に平仮名《ひらがな》に目《め》がいってしまいます。これでは、学習《がくしゅう》になりません。漢字《かんじ》を先《ま》ず見《み》て、読《よ》めないなと思《おも》ったらふりがなを見《み》てほしいので、ふりがなは左側《ひだりがわ》につけています。

なお、古典《こてん》にでてくる漢字《かんじ》やふりがなは、参考《さんこう》にした図書《としょ》に準《じゅん》じていますが、一部《いちぶ》、推進委員《すいしんいいん》の先生達《せんせいたち》の判断《はんだん》で小学生《しょうがくせい》の皆《みな》さんに適《てき》していると思《おも》われる形《かたち》に変更《へんこう》しています。

この本《ほん》で、「古典《こてん》をもっと読《よ》みたいな」と感《かん》じとってもらえたら、この本《ほん》を作《つく》って良《よ》かったと思《おも》います。どうぞ、教室《きょうしつ》の音読《おんどく》や素読《そどく》、読書《どくしょ》の時《じ》間《かん》にこの本《ほん》を活用《かつよう》して下《くだ》さい。

横《よこ》山《やま》験《けん》也《や》

100人《にん》の先生《せんせい》が選《えら》んだ こども古典《こてん》
1分《ぷん》で音読《おんどく》する古典《こてん》
——— もくじ

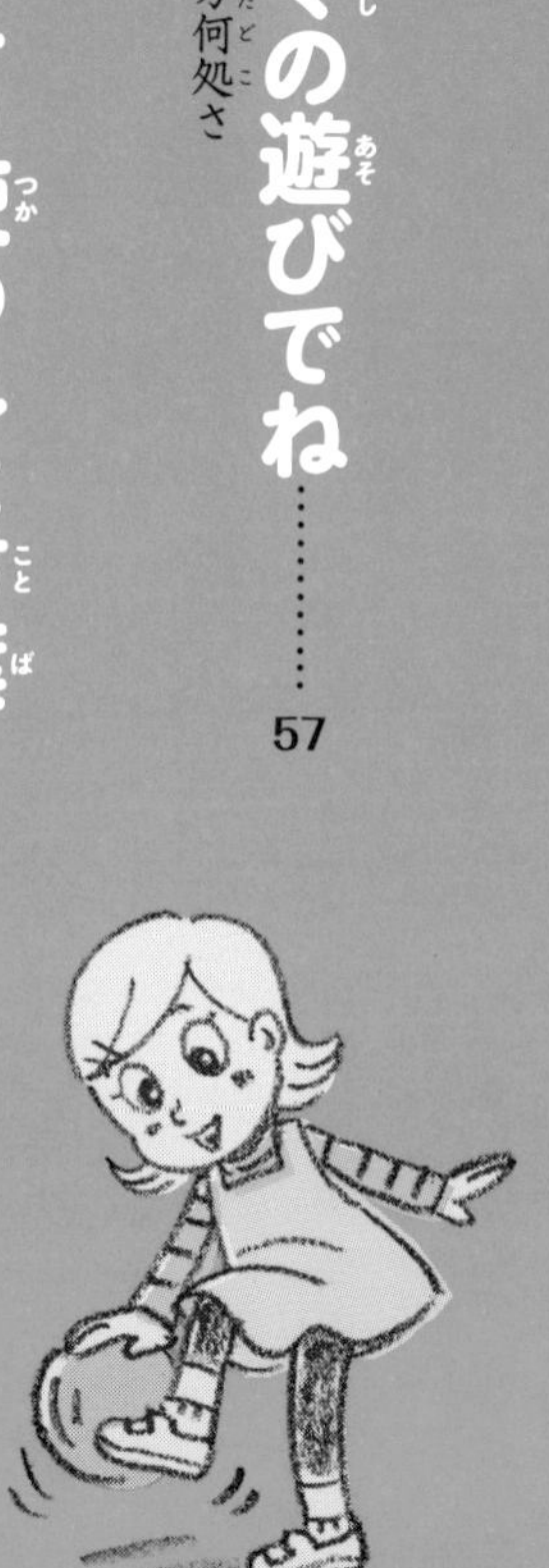

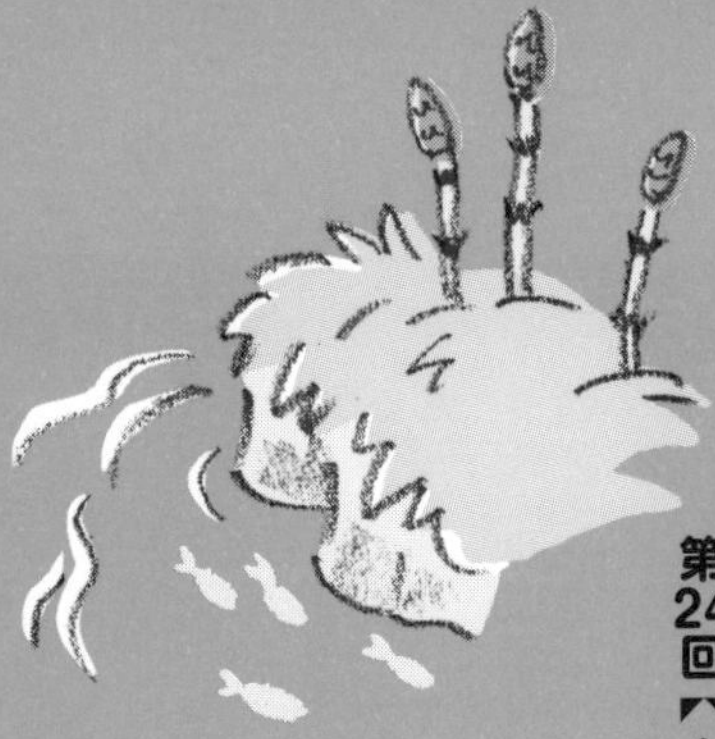

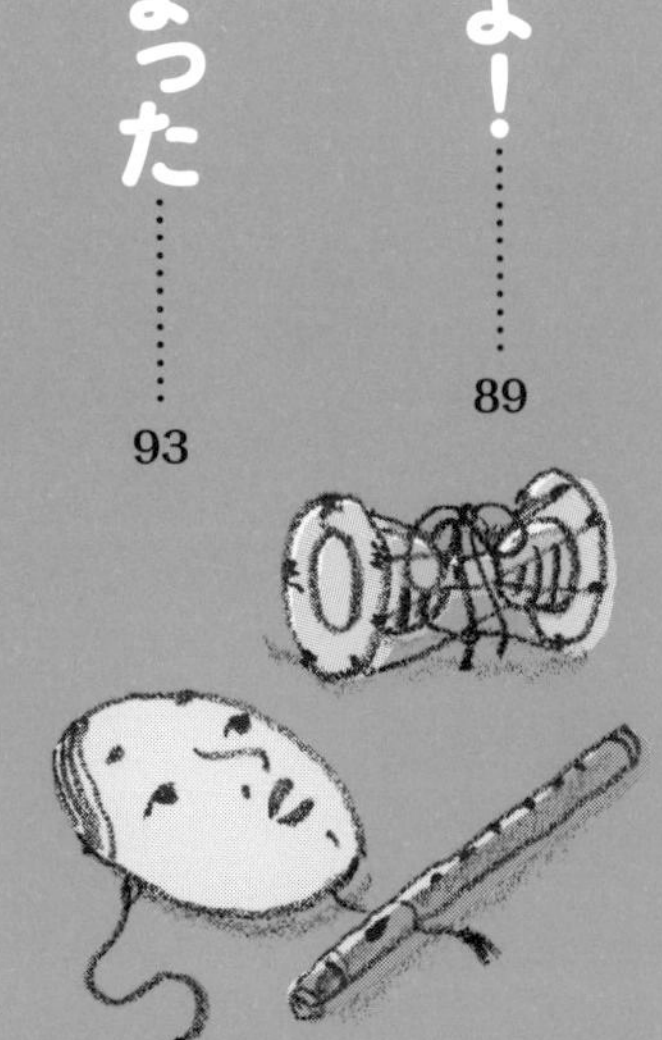

この本《ほん》の使《つか》いかた

全国各地《んこくかくち》の先生《せんせい》が
選《ら》んだ古典《こてん》を紹介《しょうかい》
ってくれるよ!

第1部【随筆・物語】

先生からのおすすめメッセージ

ひとつの挑戦《ちょうせん》

みんなは文章を書くのは、得意かな?
自信を持って得意だって言える人は少ないかもしれない。
日記を書き始めても、
三日ももたなかったって人もいるだろう。
平安時代の歌人・紀貫之の旅の日記は、知っているかな?
彼は旅の出来事をつづるだけでなく、
ひとつの挑戦をしようとした。
それは、女性になったつもりで書くことだったんだ。
その書き出しを読んでみよう。

群馬県の先生

9

学校で古典の音読・素読を実践している先生を中心に、全国100人を超える現役の小学校の先生が子どもに読ませたい古典を選びました。実際に教壇に立って話すように、それぞれの古典の魅力を紹介しています。

ふだんつかっているのとは、ちょっとちがう古典《こてん》の言葉《ことば》。その漢字《かんじ》にも目《め》を向《む》けてもらいたくて、ふりがなを左側《ひだりがわ》につけているよ。さあ、最後《さいご》までつまらずに読《よ》めるかな?

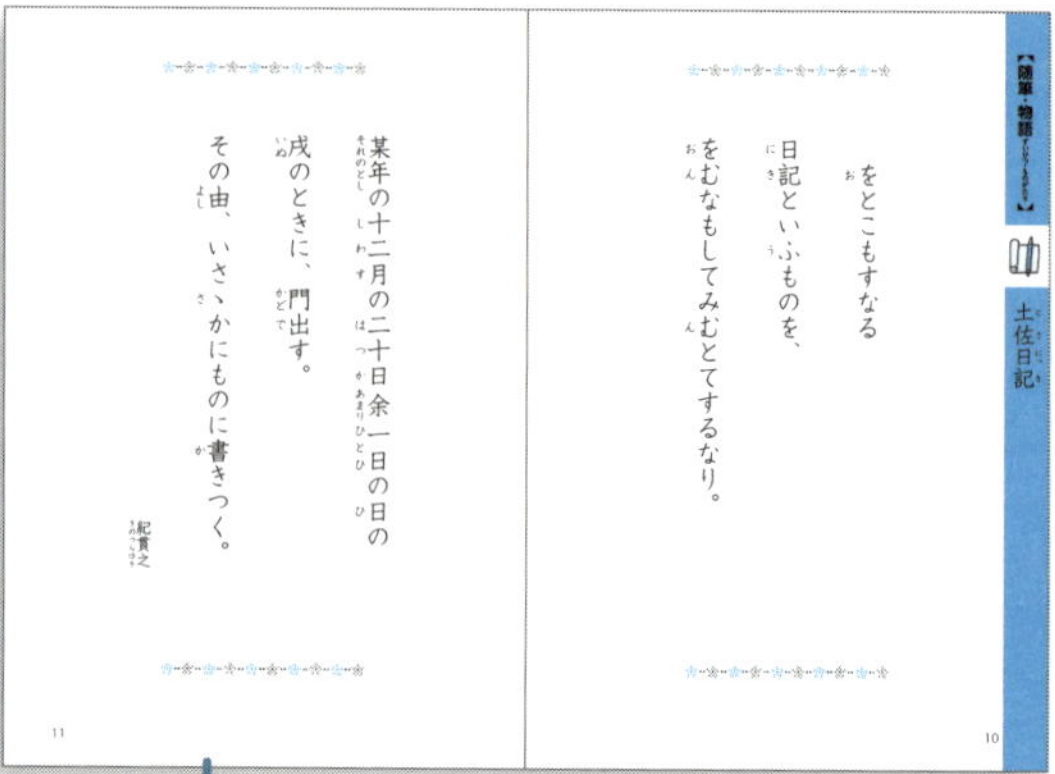

【随筆・物語】

土佐日記《とさにっき》

を《お》とこもすなる
日記《にき》といふ《う》ものを、
を《お》むなもしてみむ《ん》とてするなり。

10

某年《それのとし》の十二月《しわす》の二十日余一日《はつかあまりひとひ》の日《ひ》の
戌《いぬ》のときに、門出《かどで》す。
その由《よし》、いさゝ《さ》かにものに書《か》きつく。

紀貫之《きのつらゆき》

11

ここでは、ふりがなを左側につけています。使われている漢字をできるだけ覚えてほしいという思いからです。こうすると、読むときにまず漢字を見ることになり、先に平仮名を見てしまうよりも、目が漢字に慣れて勉強になります。

ここでは、おすすめした古典《こてん》を解説《かいせつ》してくれるよ。クイズにも挑戦《ちょうせん》してみよう!

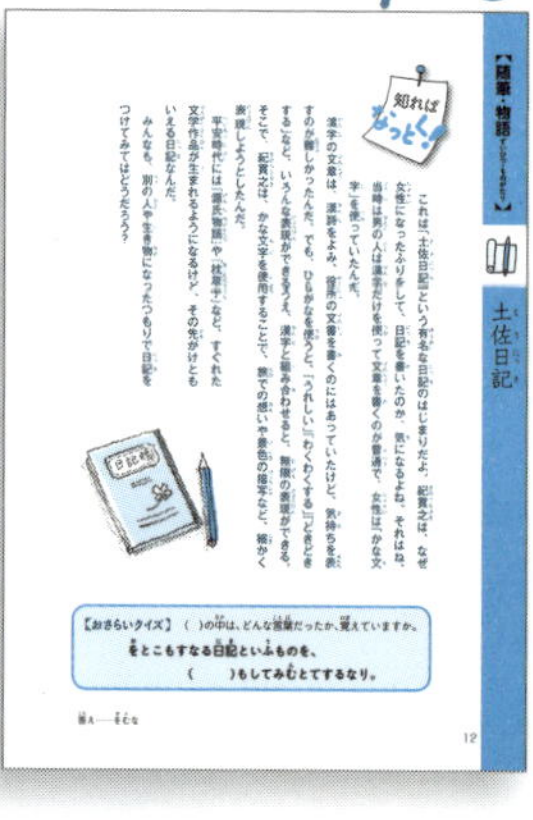

【随筆・物語】

土佐日記

知ればなっとく!

これは「土佐日記」という有名な日記のはじまりだよ。紀貫之は、なぜ女性になったふりをして、日記を書いたのか、気になるよね。それはね、当時は男の人は漢字だけを使って文章を書くのが普通で、女性は「かな文字」を使っていたんだ。

漢字の文章は、漢詩をよみ、役所の文書を書くのにはあっていたけど、気持ちを表すのが難しかったんだ。でも、ひらがなを使うと、『うれしい』『わくわくする』『どきどきする』など、いろんな表現ができるうえ、漢字と組み合わせると、無限の表現ができる。そこで、紀貫之は、かな文字を使用することで、旅での想いや景色の描写など、細かく表現しようとしたんだ。

平安時代には『源氏物語』や『枕草子』など、すぐれた文学作品が生まれるようになるけど、その先がけともいえる日記なんだ。

みんなも、別の人や生き物になったつもりで日記をつけてみてはどうだろう?

【おさらいクイズ】( )の中は、どんな言葉だったか、覚えていますか。
をとこもすなる日記といふものを、
( )もしてみむとてするなり。

答え――をむな

12

小学校の古典は意味を学習することよりも、その言葉に込められたメッセージを伝えることが大切です。ここでは、学問のすばらしさ、友情や家族を大事にする気持ち、自然の美しさなど、それぞれの言葉が持つメッセージを伝えるよう努めました。

※この本《ほん》は複写可能《ふくしゃかのう》です。授業《じゅぎょう》などでぜひご利用《りよう》ください。

第《だい》1回《かい》【随筆《ずいひつ》・物語《ものがたり》】

先生《せんせい》からのおすすめメッセージ

ひとつの挑戦《ちょうせん》

みんなは文章《ぶんしょう》を書《か》くのは、得意《とくい》かな?
自信《じしん》を持《も》って得意《とくい》だって言《い》える人《ひと》は少《すく》ないかもしれない。
日記《にっき》を書《か》き始《はじ》めても、
三日《みっか》ももたなかったって人《ひと》もいるだろう。
平安時代《へいあんじだい》の歌人《かじん》・紀貫之《きのつらゆき》の旅《たび》の日記《にっき》は、知《し》っているかな?
彼《かれ》は旅《たび》の出来事《できごと》をつづるだけでなく、
ひとつの挑戦《ちょうせん》をしようとした。
それは、女性《じょせい》になったつもりで書《か》くことだったんだ。
その書《か》き出《だ》しを読《よ》んでみよう。

——群馬県《ぐんまけん》の先生《せんせい》

みてみよう!

を《お》とこもすなる
日記《にき》とい ふ《う》ものを、
を《お》む《ん》なもしてみむ《ん》とてするなり。

某年《それのとし》の十二月《しわす》の二十日《はつか》余一日《あまりひとひ》の日《ひ》の
戌《いぬ》のときに、門出《かどで》す。
その由《よし》、いさゝ《さ》かにものに書《か》きつく。

紀貫之《きのつらゆき》

土佐日記《とさにっき》

これは「土佐日記《とさにっき》」という有名《ゆうめい》な日記《にっき》のはじまりだよ。紀貫之《きのつらゆき》は、なぜ女性《じょせい》になったふりをして、日記《にっき》を書《か》いたのか、気《き》になるよね。それはね、当時《とうじ》は男《おとこ》の人《ひと》は漢字《かんじ》だけを使《つか》って文章《ぶんしょう》を書《か》くのが普通《ふつう》で、女性《じょせい》は「かな文字《もじ》」を使《つか》っていたんだ。

漢字《かんじ》の文章《ぶんしょう》は、漢詩《かんし》をよみ、役所《やくしょ》の文書《ぶんしょ》を書《か》くのにはあっていたけど、気持《きも》ちを表《あらわ》すのが難《むずか》しかったんだ。でも、ひらがなを使《つか》うと、「うれしい」「わくわくする」「どきどきする」など、いろんな表現《ひょうげん》ができるうえ、漢字《かんじ》と組《く》み合《あ》わせると、無限《むげん》の表現《ひょうげん》ができる。そこで、紀貫之《きのつらゆき》は、かな文字《もじ》を使用《しよう》することで、旅《たび》での想《おも》いや景色《けしき》の描写《びょうしゃ》など、細《こま》かく表現《ひょうげん》しようとしたんだ。

平安時代《へいあんじだい》には『源氏物語《げんじものがたり》』や『枕草子《まくらのそうし》』など、すぐれた文学作品《ぶんがくさくひん》が生《う》まれるようになるけど、その先《さき》がけともいえる日記《にっき》なんだ。

みんなも、別《べつ》の人《ひと》や生《い》き物《もの》になったつもりで日記《にっき》をつけてみてはどうだろう？

【おさらいクイズ】　（　）の中《なか》は、どんな言葉《ことば》だったか、覚《おぼ》えていますか。

を《お》とこもすなる日記《にき》とい ふ《う》ものを、

（　　　）もしてみむ《ん》とてするなり。

答《こた》え……を《お》む《ん》な

第《だい》2回《かい》【随筆《ずいひつ》・物語《ものがたり》】……（先生《せんせい》からのおすすめメッセージ）……

いやなことばかり続《つづ》く時《とき》

戦乱《せんらん》、大火事《おおかじ》、地震《じしん》……そんな、
「もう世《よ》の中《なか》が終《お》わってしまうのでは?」
というような災害《さいがい》が続《つづ》けて起《お》こることがある。
みんなの身《み》の回《まわ》りでも、
いやなことばかり続《つづ》く時《とき》もあるよね。
そんな時《とき》、みんなはどう考《かんが》えるだろう?
これから紹介《しょうかい》するのは、
世《よ》の中《なか》の終《お》わりのような大火災《だいかさい》、大《だい》ききん、大地震《だいじしん》を体験《たいけん》した
鴨長明《かものちょうめい》が書《か》いた随筆《ずいひつ》だよ。

――群馬県《ぐんまけん》の先生《せんせい》

みてみよう!

ゆく河《かわ》の流《なが》れは絶《た》えずして、
しかももとの水《みず》にあらず。
よどみに浮《うか》ぶうたかたは、

かつ消《き》えかつ結《むす》びて、
久《ひさ》しくとゞ《ど》まりたるためしなし。
世中《よのなか》にある人《ひと》と栖《すみか》と、
又《また》かくのごとし。

鴨長明《かものちょうめい》

方丈記《ほうじょうき》

知れば なっとく!

鴨長明《かものちょうめい》は平安時代《へいあんじだい》に生《う》まれ、鎌倉時代《かまくらじだい》にこの『方丈記《ほうじょうき》』を書《か》いたんだ。『方丈記《ほうじょうき》』のような作品《さくひん》のことを「随筆《ずいひつ》」というよ。見《み》たこと、聞《き》いたこと、実際《じっさい》にやってみたことなどを、ちょっと書《か》いておきたいなと思《おも》って、自《じ》分《ぶん》の感想《かんそう》や考《かんが》えも交《まじ》えて書《か》きつづっていく文章《ぶんしょう》のことなんだ。

「川《かわ》の流《なが》れは変《か》わらなくても、中《なか》の水《みず》は変《か》わっている」こんな書《か》き出《だ》しで始《はじ》まっている。大火災《だいかさい》や大地震《だいじしん》を経験《けいけん》した鴨長明《かものちょうめい》が言《い》いたかったのは世《よ》の中《なか》、変《か》わらないものなんて無《な》い、ということだよ。難《むずか》しい言葉《ことば》で「無常《むじょう》」というよ。

学校《がっこう》や社会《しゃかい》も、一見外《いっけんそと》から見《み》たら変《か》わっていないようで、実《じつ》は中《なか》が大《おお》きく変《か》わっていること、キミにもわかるかな。同《おな》じ変《か》わるんだったら、良《よ》い方向《ほうこう》に変《か》わろうじゃないかって先生《せんせい》は思《おも》っているんだ。良《よ》い方《ほう》に変《か》わる努力《どりょく》をしよう。

しばらくして振《ふ》り返《かえ》ったら、「成長《せいちょう》したな」と思《おも》える人生《じんせい》が、先生《せんせい》は好《す》きだな。

【おさらいクイズ】 (　)の中《なか》は、どんな言葉《ことば》だったか、覚《おぼ》えていますか。

ゆく河《かわ》の流《なが》れは絶《た》えずして、

しかももとの(　　　)にあらず。

答《こた》え……水《みず》

先生《せんせい》からのおすすめメッセージ

世《せ》界《かい》最《さい》古《こ》の長《ちょう》編《へん》小《しょう》説《せつ》

『源氏物語《げんじものがたり》』は、今《いま》から1000年《ねん》くらい前《まえ》の平安時代《へいあんじだい》に書《か》かれた物語《ものがたり》で、
「世界最古《せかいさいこ》の長編小説《ちょうへんしょうせつ》」と言《い》われることもあるんだよ。
作者《さくしゃ》は紫式部《むらさきしきぶ》という女性《じょせい》だよ。
先生《せんせい》は高校生《こうこうせい》の時《とき》に初《はじ》めて読《よ》んだよ。
その時《とき》の国語《こくご》の先生《せんせい》が、
「日本人《にほんじん》に生《う》まれたからには1度《ど》は『源氏物語《げんじものがたり》』を読《よ》んでみるといいですよ」
と言《い》って、熱心《ねっしん》にすすめてくれたんだ。
声《こえ》にだして読《よ》むと、
みんなにも平安時代《へいあんじだい》の雰囲気《ふんいき》がわかるかもしれないよ。

―― 栃木県《とちぎけん》の先生《せんせい》

いづれのおほ《お》ん時《とき》にか、
女御《にょうご》更衣《こうい》あまた侍《さぶら》ひ《い》給《たま》ひ《い》けるなかに、

いとやむ《ん》ごとなききは《わ》にはあらぬが、
すぐれて時《とき》めき給《たま》ふ《う》、ありけり。

紫式部《むらさきしきぶ》

源氏物語《げんじものがたり》　桐壺《きりつぼ》

知ればなっとく！

今《いま》、読《よ》んだところは『源氏物語《げんじものがたり》』の書《か》き出《だ》しの部分《ぶぶん》なんだ。読《よ》んでも意《い》味《み》がわからないと思《おも》うけど、何度《なんど》も声《こえ》に出《だ》して読《よ》むと、なんとなく平安《へいあん》時代《じだい》の雰囲気《ふんいき》が感《かん》じられるんじゃないかな。

『源氏物語《げんじものがたり》』というのは、光源氏《ひかるげんじ》という人《ひと》が主人公《しゅじんこう》の物語《ものがたり》なんだ。光源氏《ひかるげんじ》は、なんと天皇《てんのう》の皇子《おうじ》なんだよ。しかも頭《あたま》が良《よ》くてかっこいいんだ。うらやましいよね。物語《ものがたり》には、その光源氏《ひかるげんじ》がどんどん偉《えら》くなっていく様子《ようす》とか、反対《はんたい》にうまくいかなくて悩《なや》む様子《ようす》が、とても美《うつく》しい文章《ぶんしょう》で書《か》かれているんだよ。

この書《か》き出《だ》しの文《ぶん》は、その光源氏《ひかるげんじ》のお母《かあ》さんについて書《か》いてあるんだ。光源氏《ひかるげんじ》のお母《かあ》さんは天皇《てんのう》のお世話《せわ》をする女性《じょせい》のうちの1人《ひとり》だったけど、そんなに身分《みぶん》は高《たか》くなかったんだって。でも、光源氏《ひかるげんじ》のお母《かあ》さんは天皇《てんのう》にすごく気《き》に入《い》られていたらしいんだ。それで、天皇《てんのう》のお嫁《よめ》さんになって、光源氏《ひかるげんじ》が生《う》まれたんだよ。

やさしく書《か》き直《なお》した本《ほん》もあるから、いつか読《よ》んでみるといいね。

【おさらいクイズ】　（　）の中《なか》は、どんな言葉《ことば》だったか、覚《おぼ》えていますか。

いづれのお時《おほんとき》にか、

（　　　）更衣《こうい》あまた侍《さぶら》ひ給《たま》ひけるなかに、

答《こた》え……女御《にょうご》

先生《せんせい》からのおすすめメッセージ

今度《こんど》こそがんばるぞ！

平安時代《へいあんじだい》の末期《まっき》から鎌倉時代《かまくらじだい》の初期《しょき》にかけて、源氏《げんじ》と平氏《へいし》が戦《たたか》ったんだ。
最初《さいしょ》、平氏《へいし》が勝《か》って優雅《ゆうが》な生活《せいかつ》を送《おく》っていたんだけど、
後《あと》から源氏《げんじ》が力《ちから》をつけて、平氏《へいし》をほろぼしたんだよ。
その様子《ようす》をくわしく書《か》いてあるのが、『平家物語《へいけものがたり》』。
みんなに紹介《しょうかい》したいのは、『平家物語《へいけものがたり》』の書《か》き出《だ》しの所《ところ》さ。
とにかく、有名《ゆうめい》なので覚《おぼ》えておいて損《そん》はないよ。
特《とく》に、今度《こんど》こそがんばるぞ！　という時《とき》など、
この書《か》き出《だ》しを覚《おぼ》えていると、力《ちから》がいっそう強《つよ》くわいてくるよ。
なぜって？　それは読《よ》んでからのお楽《たの》しみだよ。――――

奈良県《ならけん》の先生《せんせい》

みてみよう！

平家物語《へいけものがたり》 祇園精舎《ぎおんしょうじゃ》

祇園精舎《ぎおんしょうじゃ》の鐘《かね》の声《こえ》、
諸行無常《しょぎょうむじょう》の響《ひび》きあり。
娑羅双樹《しゃらそうじゅ》の花《はな》の色《いろ》、
盛者必衰《じょうしゃひっすい》のことは《わ》りをあらは《わ》す。

おごれる人《ひと》も久《ひさ》しからず、
只春《ただはる》の夜《よ》の夢《ゆめ》のごとし。
たけき者《もの》も遂《つい》にはほろびぬ、
偏《ひとえ》に風《かぜ》の前《まえ》の塵《ちり》に同《おな》じ。

【随筆《ずいひつ》・物語《ものがたり》】

平家物語《へいけものがたり》 祇園精舎《ぎおんしょうじゃ》

知ればなっとく!

お寺《てら》の鐘《かね》の音《おと》を聞《き》いたことがあるよね。ゴーンと響《ひび》きながら、びみょうに変化《へんか》して、次第《しだい》に消《き》えていくね。「祇園精舎《ぎおんしょうじゃ》の鐘《かね》の声《こえ》」というのは、お釈迦様《しゃかさま》が弟子達《でしたち》に教《おし》えを説《と》いたお寺《てら》の鐘《かね》の音《おと》のことなんだ。

「諸行無常《しょぎょうむじょう》」は、あらゆる物《もの》はいつも変化《へんか》していて、とどまることを知《し》らないということ。鐘《かね》の音《おと》が変《か》わるように、世《よ》の中《なか》も人《ひと》の様子《ようす》も、次第《しだい》に変《か》わっていくので、今《いま》、勝《か》っていて、いい気《き》になって、力《ちから》をじまんしている人《ひと》も、いつか負《ま》ける時《とき》が来《く》るんだ。

ということは、今負《いまま》けていても、がんばれば源氏《げんじ》のように逆転《ぎゃくてん》できるってことだ!

どう、良《よ》い書《か》き出《だ》しだろう!

【おさらいクイズ】 (　)の中《なか》は、どんな言葉《ことば》だったか、覚《おぼ》えていますか。

おごれる人《ひと》も(　　)からず、

只春《ただはる》の夜《よ》の夢《ゆめ》のごとし。

答《こた》え……久《ひさ》し

第《だい》5回《かい》【随筆《ずいひつ》・物語《ものがたり》】

先生《せんせい》からのおすすめメッセージ

日記《にっき》や作文《さくぶん》を書《か》く時《とき》の参考《さんこう》になる

日記《にっき》を書《か》いたことがあるだろうか？
なかなか続《つづ》けられなかったっていう経験《けいけん》もあるだろうね。
先生《せんせい》やお母《かあ》さんに言《い》われて始《はじ》めたのなら、なおさらだよね。
作文《さくぶん》はどうかな？　めんどう、つまんない、辛《つら》い……、
そんな思《おも》いを持《も》っている人《ひと》が多《おお》いかもしれない。
そんなキミに、ちょっと教《おし》えたいのが、
鎌倉時代《かまくらじだい》に吉田兼好《よしだけんこう》という人《ひと》が書《か》いた『徒然草《つれづれぐさ》』だ。
日記《にっき》や作文《さくぶん》を書《か》くときの参考《さんこう》になると先生《せんせい》は思《おも》っているので、
紹介《しょうかい》するよ。

——群馬県《ぐんまけん》の先生《せんせい》

みてみよう！

つれ〲《づれ》なるまゝ《ま》に、日《ひ》くらし
硯《すずり》にむかひ《い》て、心《こころ》に移《うつ》りゆくよしなし事《ごと》を、

そこはかとなく書《か》きつくれば、
あやしうこそものぐるほ《お》しけれ。

吉田兼好《よしだけんこう》

徒然草《つれづれぐさ》 序段《じょだん》

知れば なっとく！

「退屈《たいくつ》で少《すこ》しさびしい気分《きぶん》なので、心《こころ》にうかんだことを順番《じゅんばん》なんか気《き》にしないで、どんどん書《か》いてみたら、ちょっとばかばかしいんだけど、なんとなくおもしろいんだ」

こんな書《か》き出《だ》しで書《か》いてあるのが、『徒然草《つれづれぐさ》』だよ。これも「随筆《ずいひつ》」だね。

吉田兼好《よしだけんこう》の思《おも》いが書《か》かれているよ。

今《いま》、インターネットで、ブログがはやっているけど、これも随筆《ずいひつ》のひとつだと先生《せんせい》は思《おも》っているよ。

あまり深《ふか》く考《かんが》えないで、気軽《きがる》に書《か》き始《はじ》めてみると、「ちょっとおもしろいな！」って感《かん》じられてくるよ。

【おさらいクイズ】（　）の中《なか》は、どんな言葉《ことば》だったか、覚《おぼ》えていますか。

硯《すずり》にむかひ《い》て、（　　）に移《うつ》りゆくよしなし事《ごと》を、

そこはかとなく書《か》きつくれば、

答《こた》え……心《こころ》

第《だい》6回《かい》【孔子《こうし》と老子《ろうし》】

先生《せんせい》からのおすすめメッセージ

人生《じんせい》の目安《めやす》になっている言葉《ことば》

みなさんにはどんな夢《ゆめ》があるかな？
サッカー選手《せんしゅ》？　保育士《ほいくし》？　政治家《せいじか》？　夢《ゆめ》はかなえたいね。
その夢《ゆめ》に近《ちか》づくために、人生《じんせい》をどう生《い》きていったら良《よ》いのか、
考《かんが》えてみることも大切《たいせつ》なことだね。
今《いま》から2500年前《ねんまえ》に活躍《かつやく》していた孔子《こうし》という偉《えら》い人《ひと》が、
年《とし》をとってから人生《じんせい》を振《ふ》り返《かえ》り言《い》った言葉《ことば》があるんだ。
その言葉《ことば》は、人生《じんせい》を考《かんが》えるうえで、とても役立《やくだ》つ言葉《ことば》で、
今《いま》生《い》きている人《ひと》には、人生《じんせい》における目安《めやす》のようにもなっている言葉《ことば》。
ぜひ、読《よ》んでほしいな。

――新潟県《にいがたけん》の先生《せんせい》

みてみよう！

子曰《しのたま》わく、

吾《わ》れ十有五《じゅうゆうご》にして学《がく》に志《こころ》ざす。

三十《さんじゅう》にして立《た》つ。

四十《しじゅう》にして惑《まど》わず。

五十《ごじゅう》にして天命《てんめい》を知《し》る。
六十《ろくじゅう》にして耳順《みみしたご》う。
七十《しちじゅう》にして心《こころ》の欲《ほっ》する所《ところ》に従《したが》って、
矩《のり》を踰《こ》えず。

孔子《こうし》

十有五《じゅうゆうご》にして学《がく》に志《こころざ》す

知ればなっとく!

孔子《こうし》は「私《わたし》は15歳《さい》で学問《がくもん》の道《みち》に進《すす》もうと決意《けつい》した。30歳《さい》で貫《つらぬ》きたい道《みち》をはっきりさせ、40歳《さい》で進《すす》むべき道《みち》を迷《まよ》わなくなり、50歳《さい》で世《よ》の中《なか》の原理《げんり》を知《し》ることができた。60歳《さい》で人《ひと》の言《い》うことを素直《すなお》に聞《き》くことができるようになり、70歳《さい》では心《こころ》の思《おも》うようにふるまっても道《みち》をはずれることはなくなった」と語《かた》ったんだ。15歳《さい》といえば中学校《ちゅうがっこう》3年生《ねんせい》だね。みなさんも小中学生《しょうちゅうがくせい》のうちに自分《じぶん》が将来《しょうらい》なりたい職業《しょくぎょう》や夢《ゆめ》、目標《もくひょう》を持《も》ち、それに向《む》かって努力《どりょく》していってほしいな。

孔子《こうし》は中国《ちゅうごく》の人《ひと》なんだ。紹介《しょうかい》した論語《ろんご》の中国語《ちゅうごくご》での読《よ》み方《かた》を教《おし》えるね。声《こえ》に出《だ》して読《よ》んでみよう。

中国語《ちゅうごくご》で読《よ》んでみよう!

子《ズ》曰《ユェ》、吾《ウー》十《シー》有《ヨウ》五《ウー》而《アル》志《ジー》于《イー》学《シェ》、三《サン》十《シー》而《アル》立《リー》、四《スー》十《シー》而《アル》不《ブー》惑《ヘォ》、

五《ウー》十《シー》而《アル》知《ジー》天《ティン》命《ミエン》、六《リュ》十《シー》而《アル》耳《アー》顺《シュン》、七《チー》十《シー》而《アル》从《ツォン》心《シン》所《ソオ》欲《イー》、不《ブ》逾《イー》矩《ジュ》。

【おさらいクイズ】（　）の中《なか》は、どんな言葉《ことば》だったか、覚《おぼ》えていますか。

吾《わ》れ十有五《じゅうゆうご》にして（　　）に志《こころざ》す。

答《こた》え……学《がく》

第7回《だいかい》【孔子《こうし》と老子《ろうし》】

（先生《せんせい》からのおすすめメッセージ）

生《う》まれつきの天才《てんさい》はいない

10年連続《ねんれんぞく》2000本安打《ぼんあんだ》を達成《たっせい》したイチロー選手《せんしゅ》、
18歳《さい》で賞金王《しょうきんおう》になったゴルフの石川遼選手《いしかわりょうせんしゅ》……。
みんながよく知《し》っているスーパースターたちは、
他《ほか》の人《ひと》が見《み》ていないところで
血《ち》のにじむような努力《どりょく》をしているんだよ。
あの有名《ゆうめい》な孔子《こうし》も
「生《う》まれつきの天才《てんさい》はいない」と言《い》っているんだ。
その道《みち》で一流《いちりゅう》になるにはどんなことが必要《ひつよう》なのか、
孔子《こうし》の言葉《ことば》から学《まな》んでみようね。

――新潟県《にいがたけん》の先生《せんせい》

みてみよう！

子曰《しのたま》わく、
我《わ》れは生《う》まれながらにして
之《これ》を知《し》る者《もの》に非《あら》ず。

古《いにしえ》を好《この》み敏《びん》にして以《も》って
之《こ》れを求《もと》むる者《もの》なり。

孔子《こうし》

古《いにしえ》を好《この》み敏《びん》にして

知ればなっとく！

孔子《こうし》は、「私《わたし》は生《う》まれながらに多《おお》くのことを知《し》っていたのではなく、昔《むかし》の人《ひと》の教《おし》えを喜《よろこ》んで勉強《べんきょう》してきたのだよ」と語《かた》ったんだ。

なんだか、「私《わたし》は一生懸命《いっしょうけんめい》に勉強《べんきょう》してきた。みんなも絶《た》え間《ま》なく勉学《べんがく》に励《はげ》みなさい」と私《わたし》たちに教《おし》えてくれているみたいだね。勉強《べんきょう》だけでなく、何《なに》かに秀《ひい》でた人《ひと》を「もともと天才《てんさい》なんだ」と一言《ひとこと》で片《かた》づけてはいけないね。みんなにとってのあこがれのスーパースターも、自分《じぶん》の才能《さいのう》を発見《はっけん》したことに加《くわ》え、才能《さいのう》をみがく努《ど》力《りょく》を惜《お》しまなかったんだね。さあ、目的《もくてき》をもって自分《じぶん》をもっとみがいてみよう！

中国語《ちゅうごくご》での読《よ》み方《かた》を示《しめ》しておくよ。挑戦《ちょうせん》してみよう！

中国語《ちゅうごくご》でよんでみよう！

子曰、我非生而知之者、
ズ ユエ、ウォフェイシャンアルジーズ ジャ、
好古、敏以求之者也。
ハオグー、ミンイーチィウジージャ イエ。

【おさらいクイズ】（　）の中《なか》は、どんな言葉《ことば》だったか、覚《おぼ》えていますか。

（　　）を好《この》み敏《びん》にして以《も》って之《こ》れを求《もと》むる者《もの》なり。

答《こた》え……古《いにしえ》

第《だい》8回《かい》【孔子《こうし》と老子《ろうし》】

先生《せんせい》からのおすすめメッセージ

人《ひと》にどんな態度《たいど》で接《せっ》することが大切《たいせつ》なのか

人《ひと》から何《なに》か言《い》われたり、されたりして、
いやだなあと思《おも》うことって誰《だれ》でもあるよね。
それが仲《なか》のいい友《とも》だちだったとしても、
ちょっと怒《おこ》りたくなってしまう時《とき》ってあるよね。
そんなとき、人《ひと》にどんな態度《たいど》で接《せっ》することが大切《たいせつ》なのか、
孔子《こうし》が教《おし》えてくれているんだ。
それを読《よ》んでみよう。

――北海道《ほっかいどう》の先生《せんせい》

みてみよう！

己《おのれ》の欲《ほっ》せざる所《ところ》を、人《ひと》に施《ほどこ》すこと勿《な》かれ

子貢《しこう》問《と》うて曰《い》わく、
一言《いちげん》にして以《も》って身《み》を終《おわ》るまで
之《こ》れを行《おこな》う可《べ》き者《もの》有《あ》り乎《や》。

子曰《しのたま》わく、

其《そ》れ恕乎《じょか》。

己《おのれ》の欲《ほっ》せざる所《ところ》を、

人《ひと》に施《ほどこ》すこと勿《な》かれ。

孔子《こうし》

己《おのれ》の欲《ほっ》せざる所《ところ》を、人《ひと》に施《ほどこ》すこと勿《な》かれ

知ればなっとく!

弟子《でし》の子貢《しこう》に「一生貫《いっしょうつらぬ》き通《とお》さなければならないもの、生《い》きていくうえで大切《たいせつ》なものは何《なん》ですか」とたずねられたときに、孔子《こうし》は「それは〝恕《じょ》〟である。自分《じぶん》がしてほしくないことは他人《たにん》にもしてはいけない」と答《こた》えたんだよ。

「恕《じょ》」には「自分《じぶん》が自分《じぶん》を大切《たいせつ》に思《おも》うくらいに、相手《あいて》のことを思《おも》いやる」という意味《いみ》があるんだ。自分《じぶん》と同《おな》じように他人《ひと》のことを見《み》る心《こころ》が大切《たいせつ》だと言《い》っているんだね。すごいことだと思《おも》わない？

「恕《じょ》」を大切《たいせつ》にしたら、この世《よ》から弱《よわ》い者《もの》いじめも争《あらそ》いもなくなりそうだね。そういう学級《がっきゅう》にしていくことはできるのではないのかな？

中国語《ちゅうごくご》でよんでみよう!

子贡问曰、有一言而可以终身行之者乎？
ズ ゴンウェン ユエ、イオウ イー イエン アル クワ イ ツォン シェン ハン ジー ジャ ホウ？
子曰、其恕乎！ 己所不欲、勿施於人。
ズ ユエ、チーシュ ホウ！ ジージョウ ブイー、ウーシー イレン。

【おさらいクイズ】 （　）の中《なか》は、どんな言葉《ことば》だったか、覚《おぼ》えていますか。

己《おのれ》の欲《ほっ》せざる所《ところ》を、（　　）に施《ほどこ》すこと勿《な》かれ。

答《こた》え……人《ひと》

先生《せんせい》からのおすすめメッセージ

天皇誕生日《てんのうたんじょうび》のことを「天長節《てんちょうせつ》」と言《い》っていた

4月《がつ》29日《にち》は、「昭和《しょうわ》の日《ひ》」だね。
その前《まえ》は「みどりの日《ひ》」と呼《よ》ばれていたんだけど、
実《じつ》は、この日《ひ》は、昭和天皇《しょうわてんのう》の誕生日《たんじょうび》でもあったんだ。
だから、「天皇誕生日《てんのうたんじょうび》」といったほうが
ピンとくる人《ひと》もたくさんいるんだよ。
さらに、もっと昔《むかし》は、天皇誕生日《てんのうたんじょうび》のことを「天長節《てんちょうせつ》」と言《い》っていたんだ。
皇后陛下《こうごうへいか》の誕生日《たんじょうび》は「地久節《ちきゅうせつ》」。
「天長《てんちょう》」「地久《ちきゅう》」のもとになったのが、
この老子《ろうし》の言葉《ことば》だよ。

——岩手県《いわてけん》の先生《せんせい》

天《てん》は長《なが》く地《ち》は久《ひさ》し

天《てん》は長《なが》く地《ち》は久《ひさ》し。
天地《てんち》の能《よ》く長《なが》く且《か》つ久《ひさ》しき所以《ゆえん》の者《もの》は、
其《そ》の自《みずか》ら生《しょう》ぜざるを以《もっ》てなり。
故《ゆえ》に能《よ》く長生《ながいき》す。

是《ここ》を以《もっ》て聖人《せいじん》は、
其《そ》の身《み》を後《あと》にして身《み》は先《さき》んじ、
其《そ》の身《み》を外《そと》にして身《み》は存《そん》す。
其《そ》の私《わたくし》無《な》きを以《もっ》てに非《あら》ず耶《や》。
故《ゆえ》に能《よ》く其《そ》の私《わたくし》を成《な》す。

老子《ろうし》

【孔子と老子《こうしとろうし》】

天《てん》は長《なが》く地《ち》は久《ひさ》し

知ればなっとく！

老子《ろうし》は、２５００年《ねん》も昔《むかし》の中国《ちゅうごく》の思想家《しそうか》だよ。

この言葉《ことば》は、天地《てんち》のありさまと聖人《せいじん》の態度《たいど》を重《かさ》ね合《あ》わせて述《の》べているものなんだよ。

「其《そ》の身《み》を後《あと》にして身《み》は先《さき》んじ」「其《その》の身《み》を外《そと》にして身《み》は存《そん》す」というのは、自分《じぶん》のことを考《かんが》えずにいると、なぜか自分《じぶん》のことを後回《あとまわ》しにしたり、自分《じぶん》のことを優先《ゆうせん》にしてもらえたり、大《たい》切《せつ》に思《おも》ってくれたりするってことなんだ。

自分《じぶん》のために生《い》きているのではなく、人《ひと》のために生《い》きるからこそ、結果的《けっかてき》に良《よ》い人生《じんせい》が歩《あゆ》めるようになるって、先生《せんせい》も思《おも》っているよ。

今後《こんご》の自分《じぶん》の人生《じんせい》を考《かんが》えていくとき、利他《りた》（他人《たにん》の利益《りえき》）を考《かんが》えてみるのはどうかな？

【おさらいクイズ】（　）の中《なか》は、どんな言葉《ことば》だったか、覚《おぼ》えていますか。

天《てん》は（　　　）地《ち》は久《ひさ》し。

答《こた》え……長《なが》く

第《だい》10回《かい》【孔子《こうし》と老子《ろうし》】

先生《せんせい》からのおすすめメッセージ

知《ち》識《しき》をじまんしていないかい

勉強《べんきょう》して知識《ちしき》が増《ふ》えると、
自分《じぶん》が偉《えら》くなったような気《き》になるよね。
だけど、ちょっと勉強《べんきょう》しただけで、
すべてわかった気《き》になっていないかい。
何《なん》でも知《し》ってるよ！　なんて、知識《ちしき》をじまんしていないかい。
思《おも》い当《あ》たる君《きみ》はもちろん、思《おも》い当《あ》たらない君《きみ》も、
これからのためにぜひこの言葉《ことば》を読《よ》んでほしい。
思《おも》い上《あ》がりの心《こころ》がいさめられて、
謙虚《けんきょ》な気持《きも》ちが生《う》まれると思《おも》うよ。

――千葉県《ちばけん》の先生《せんせい》

みてみよう！

知《し》りて知《し》らずとするは上《じょう》なり

知《し》りて知《し》らずとするは上《じょう》なり。
知《し》らずして知《し》るとするは病《へい》なり。
聖人《せいじん》の病《へい》あらざるは、
其《そ》の病《へい》を病《へい》とするを以《もっ》てなり。

夫《そ》れ唯《た》だ病《へい》を病《へい》とす、
是《ここ》を以《もっ》て病《へい》あらず。

老子《ろうし》

知《し》りて知《し》らずとするは上《じょう》なり

知ればなっとく！

「知《し》っていても知《し》らないと思《おも》うぐらいが一番《いちばん》良《よ》く、反対《はんたい》に、知《し》らないのに知《し》ったかぶりをするのは、いけないね。欠点《けってん》になってしまうよ」と言《い》っているんだ。

勉強《べんきょう》をたくさんしている立派《りっぱ》な人《ひと》に欠点《けってん》がないのは、自分《じぶん》が何《なに》を知《し》らないのかがわかっているし、自分《じぶん》はまだまだ勉強《べんきょう》が足《た》りないと感《かん》じているからなのさ。こういう姿勢《しせい》だからこそ、欠点《けってん》がないって言えるんだね。

ちょっとの勉強《べんきょう》ですぐにわかった気《き》になってしまうのが、自分《じぶん》の欠点《けってん》なんだって、自《じ》分《ぶん》でちゃんとわかること。それが大切《たいせつ》なんだね。

勉強《べんきょう》って、奥《おく》が深《ふか》いって感《かん》じるね。

【おさらいクイズ】 （　）の中《なか》は、どんな言葉《ことば》だったか、覚《おぼ》えていますか。

知《し》らずして知《し》るとするは（　　）なり。

答《こた》え……病《へい》

第《だい》11回《かい》【わらべ歌《うた》・童謡《どうよう》】

先《せん》生《せい》からのおすすめメッセージ

手《て》をつないでトンネルを作《つく》って

昔《むかし》の子《こ》ども達《たち》は、
この「通《とお》りゃんせ」を歌《うた》いながら、みんなで遊《あそ》んだんだよ。
2人《ふたり》が向《む》かい合《あ》わせになって
手《て》をつないでトンネルを作《つく》って、
そのトンネルを他《ほか》の子《こ》が歌《うた》を歌《うた》いながらくぐるんだ。
歌《うた》が終《お》わったところで、
トンネルのなかにいた人《ひと》はつかまってしまうっていう遊《あそ》びだよ。
さてさて、どんな歌《うた》なのだろうか。
見《み》てみよう。

―― 奈良県《ならけん》の先生《せんせい》

みてみよう!

通《とお》りゃんせ

通《とお》りゃんせ　通《とお》りゃんせ
此処《ここ》は何処《どこ》の細道《ほそみち》じゃ
天神様《てんじんさま》の細道《ほそみち》じゃ
ちいっと通《とお》して下《くだ》しゃんせ
御用《ごよう》のない者《もの》通《とお》しゃせぬ

この子《こ》の七《なな》つのお祝《いわ》いに
お札《ふだ》を納《おさ》めに参《まい》ります
行《い》きはよいよい　帰《かえ》りは恐《こわ》い
恐《こわ》いながらも　通《とお》りゃんせ　通《とお》りゃんせ

通《とお》りゃんせ

知ればなっとく!

お侍《さむらい》さんのいた江戸時代《えどじだい》の子《こ》ども達《たち》も、この歌《うた》を歌《うた》って遊《あそ》んでいたんだよ。江戸時代《えどじだい》には、箱根《はこね》に関所《せきしょ》があって、そこを通《とお》るには、手形《てがた》を見《み》せる必要《ひつよう》があったんだ。今《いま》で言《い》えば、切符《きっぷ》だね。

手形《てがた》が無《な》くても、お父《とう》さんが死《し》にそうになっているときなど特別《とくべつ》の場《ば》合《あい》は、お願《ねが》いをすれば、通《とお》してもらえたんだ。行《い》きはお願《ねが》いをすれば通《とお》れるけど、帰《かえ》るときは用事《ようじ》がすんでいるので、手形《てがた》が無《な》いと通《とお》してもらえないんだ。

そんな様子《ようす》を歌《うた》った歌《うた》だと伝《つた》えられているよ。

【おさらいクイズ】　(　)の中《なか》は、どんな言葉《ことば》だったか、覚《おぼ》えていますか。

この子《こ》の七《なな》つのお祝《いわ》いに　(　　)を納《おさ》めに参《まい》ります

答《こた》え……お札《ふだ》

第《だい》12回《かい》【わらべ歌《うた》・童謡《どうよう》】

先生《せんせい》からのおすすめメッセージ

お母《かあ》さんかおばあちゃんに聞《き》いてごらん

昭和生《しょうわう》まれの人《ひと》ならたぶんみんな知《し》ってると思《おも》うよ。
それくらい昔《むかし》はメジャーな歌《うた》で、
この歌《うた》を歌《うた》いながら指《ゆび》で遊《あそ》んだんだ。
両手《りょうて》をグーににぎってみんなでくっつけてね。
鬼《おに》がグーのなかに人差《ひとさ》し指《ゆび》を歌《うた》にあわせて突《つ》っこむんだ、順序《じゅんじょ》よくね。
これでまた新《あたら》しい鬼《おに》を決《き》めたり、これだけで遊《あそ》んだりしたんだよ。
こうやって書《か》いちゃうとおもしろくないな。
お母《かあ》さんかおばあちゃんに聞《き》いてごらん！　絶対知《ぜったいし》ってるから。
それで、一緒《いっしょ》にやってみるといいよ。

——青森県《あおもりけん》の先生《せんせい》

みてみよう！

ずいずいずっころばし

ずいずい　ずっころばし
胡麻《ごま》味噌《みそ》　ずい
茶壺《ちゃつぼ》に追《お》われて　トッピンシャン
抜《ぬ》けたァら　ドンドコショ
俵《たわら》の鼠《ねずみ》が米《こめ》食《く》って　チュウ

チュウ　チュウ　チュウ
お父《と》さんが呼《よ》んでも　お母《か》さんが呼《よ》んでも
行《い》きっこなァし(よ)
井戸《いど》の周《まわ》りでお茶碗《ちゃわん》欠《か》いたの誰《だァれ》

ずいずいずっころばし

「ずい」は「芋茎《ずいき》」と書《か》いて「さといものつる」のことなんだ。ある農家《のうか》で、さといものつるでゴマ味噌《みそ》和《あ》えを作《つく》ってたんだって。すると表《おもて》の通《とお》りを将軍様《しょうぐんさま》に献上《けんじょう》するお茶《ちゃ》の入《はい》った茶壺《ちゃつぼ》を運《はこ》ぶ行列《ぎょうれつ》がやってきた。これを「茶壺道中《ちゃつぼどうちゅう》」と言《い》うんだ。大名行列《だいみょうぎょうれつ》と同《おな》じで、横切《よこぎ》ったり、追《お》い抜《ぬ》いたりと、無礼《ぶれい》があってはいけなかったんだよ。だから、あわてて「トッピンシャン」と戸《と》を閉《し》め、かくれ、誰《だれ》が呼《よ》んだってこたえなかったんだ。息《いき》をひそめていると、ネズミが俵《たわら》の米《こめ》を食《く》う音《おと》や、井戸《いど》端《ばた》で茶碗《ちゃわん》を割《わ》る音《おと》が聞《き》こえてきたんだって。

【おさらいクイズ】（　）の中《なか》は、どんな言葉《ことば》だったか、覚《おぼ》えていますか。

お父《と》さんが呼《よ》んでも　（　　　　）が呼《よ》んでも
行《い》きっこなァし（よ）

答《こた》え……お母《か》さん

第13回《だいかい》

【わらべ歌《うた》・童謡《どうよう》】

先生《せんせい》からのおすすめメッセージ

昔《むかし》々《むかし》の遊《あそ》びでね

手鞠唄《てまりうた》って知《し》ってる？
昔々《むかしむかし》の遊《あそ》びでね、手鞠《てまり》をつきながら歌《うた》って遊《あそ》んだんだ。
その鞠《まり》は、とってもきれいなんだ。図鑑《ずかん》で調《しら》べてごらん。
お正月《しょうがつ》の遊《あそ》びなので、きれいな特別《とくべつ》の鞠《まり》を使《つか》って遊《あそ》んでいたんだね。
でも、明治時代《めいじじだい》になってゴム鞠《まり》が広《ひろ》がって、
いつでもどこでも楽《たの》しめるようになったんだよ。
鞠《まり》つきをして遊《あそ》ぶ、その代表的《だいひょうてき》な歌《うた》が
「あんた方何処《がたどこ》さ」なんだよ。

――青森県《あおもりけん》の先生《せんせい》

みてみよう！

あんた方《がた》何《ど》処《こ》さ
肥《ひ》後《ご》さ　肥《ひ》後《ご》何《ど》処《こ》さ
熊本《くまもと》さ　熊本《くまもと》何《ど》処《こ》さ
せんばさ

せんば山《やま》には　狸《たぬき》がおってさ
それを猟師《りょうし》が　鉄砲《てっぽう》で打ってさ
煮《に》てさ　焼《や》いてさ　食《た》べてさ
それを木《こ》の葉《は》で　チョッとかぶせ

あんた方《がた》何《ど》処《こ》さ

知れば なっとく!

この歌《うた》、こんなふうに会話《かいわ》になっているんだよ。

「あなたたちはどこから来《き》たのですか」「肥後《ひご》ですよ」

「肥後《ひご》のどこですか」「肥後《ひご》の熊本《くまもと》ですよ」

「熊本《くまもと》のどこですか」「せんばですよ。せんば山《やま》にはたぬきがいてね。それを猟師《りょうし》が鉄砲《てっぽう》で撃《う》ってね。煮《に》たり焼《や》いたりして食《た》べるんですよ。そして、食《た》べた後《あと》に出《で》た物《もの》に木《こ》の葉《は》をかぶせるんですよ」

うそだか本当《ほんとう》だかわからないような、笑《わら》っちゃう変《へん》な話《はなし》だよね。

こんな楽《たの》しい歌《うた》、誰《だれ》が作《つく》ったんだろうね。今《いま》となっては、わからないんだよ。

【おさらいクイズ】 (　)の中《なか》は、どんな言葉《ことば》だったか、覚《おぼ》えていますか。

せんば山《やま》には　(　　　)がおってさ

答《こた》え……狸《たぬき》

第《だい》14回《かい》【生《い》き方《かた》・考《かんが》え方《かた》】

先《せん》生《せい》からのおすすめメッセージ

コマーシャルにも使《つか》われた言《こと》葉《ば》

先生《せんせい》がまだ小学生《しょうがくせい》だったころ、
これから紹介《しょうかい》する言葉《ことば》が
セリフになっていたコマーシャルがあってね、
ずっと頭《あたま》からはなれなかったんだ。
その言葉《ことば》が夏目漱石《なつめそうせき》の書《か》いた
『草枕《くさまくら》』の最初《さいしょ》の部分《ぶぶん》だって知《し》ったのは
高校生《こうこうせい》になってからのことで、
その時《とき》、意味《いみ》も少《すこ》しわかり、
人《ひと》の世《よ》の難《むずか》しさを感《かん》じたのを覚《おぼ》えているよ。

――栃木県《とちぎけん》の先生《せんせい》

みてみよう！

草枕《くさまくら》

山路《やまみち》を登《のぼ》りながら、こう考《かんが》えた。

智《ち》に働《はたら》けば角《かど》が立《た》つ。

情《じょう》に棹《さお》させば流《なが》される。

意地《いじ》を通《とお》せば窮屈《きゅうくつ》だ。

とかくに人《ひと》の世《よ》は住《す》みにくい。

住《す》みにくさが高《こう》じると、
安《やす》い所《ところ》へ引《ひ》き越《こ》したくなる。
どこへ越《こ》しても住《す》みにくいと悟《さと》った時《とき》、
詩《し》が生《うま》れて、画《え》が出来《でき》る。

夏目漱石《なつめそうせき》

草枕《くさまくら》

「人《ひと》とつきあうと、言《い》い合《あ》いになったり、困《こま》ったことが起《お》きたり、きゅうくつになったりして、住《す》みにくくなってしまうので、引《ひ》っこしをしてみたくなるけど、どこでも住《す》みにくいことは変《か》わらないなあとわかったとき、詩《し》が生《う》まれて絵《え》ができる」という意味《いみ》だよ。

生《い》きていると、いろいろいやなことがあるけど、でも、それが自分《じぶん》の心《こころ》を豊《ゆた》かにして良《よ》い作品《さくひん》を作《つく》ったり、良《よ》い考《かんが》えを生《う》み出《だ》したりするもとになっているんだ。

先生《せんせい》が、こういう意味《いみ》がよくわかるようになったのは、大人《おとな》になって先生《せんせい》になって結《けっ》婚《こん》して子《こ》どもが生《う》まれて、いろんな人生経験《じんせいけいけん》を積《つ》んでからだった。

今《いま》でも先生《せんせい》はこの言葉《ことば》を時々《ときどき》思《おも》い出《だ》すよ。それで、知《し》ったかぶりをしたり、相手《あいて》の間違《まちが》っているところをえんりょなく言《い》ったりすると、相手《あいて》の人《ひと》が怒《おこ》ったりめんどうなことが起《お》きたりするし、あまりに感情的《かんじょうてき》になったりすると、予想外《よそうがい》のことになったりすることがあるから気《き》をつけようと思《おも》い直《なお》すことにしているんだ。

みんなも、少《すこ》し大人《おとな》になったらこの本《ほん》を読《よ》んでみるといいね。

【おさらいクイズ】（　）の中《なか》は、どんな言葉《ことば》だったか、覚《おぼ》えていますか。

智《ち》に働《はたら》けば(　　)が立《た》つ。

答《こた》え……角《かど》

第《だい》15回《かい》【生《い》き方《かた》・考《かんが》え方《かた》】

先生《せんせい》からのおすすめメッセージ

体《たい》調《ちょう》をくずさないようにする

時々《ときどき》、不安《ふあん》になったり、
カッとなってケンカになったり、
悲《かな》しい気持《きも》ちになったりするときがあるよね。
そんな風《ふう》に、つい感情的《かんじょうてき》になって冷静《れいせい》さを失《うしな》い、
ものごとを悪《わる》い方《ほう》に考《かんが》えてしまって、
病気《びょうき》になってしまうこともあるんだよ。
体調《たいちょう》をくずさないようにするには、どうしたらよいのか。
そんなことを教《おし》えてくれる、
この言葉《ことば》を読《よ》んでほしいな。――

奈良県《ならけん》の先生《せんせい》

みてみよう!

養生《ようじょう》の術《じゅつ》は先《まず》心《しん》気《き》を養《やしな》ふ《う》べし。
心《こころ》を和《やわらか》にし、気《き》を平《たい》らかにし、
いかりと慾《よく》とをおさへ《え》、

うれひ《い》・思《おも》ひ《い》をすくなくし、
心《こころ》をくるしめず、気《き》をそこなは《わ》ず、
是《これ》心《しん》気《き》を養《やしな》ふ《う》要道《ようどう》なり。

貝原益軒《かいばらえきけん》

養生訓《ようじょうくん》

知ればなっとく！

貝原益軒《かいばらえきけん》は江戸《えど》時代《じだい》の学者《がくしゃ》だよ。この『養生訓《ようじょうくん》』は、彼《かれ》が84歳《さい》の時《とき》に書《か》いた本《ほん》で、自分《じぶん》で体験《たいけん》したことをもとに、体《からだ》と心《こころ》の健康《けんこう》について書《か》き残《のこ》した作品《さくひん》なんだ。医療《いりょう》の進《すす》んだ今《いま》でもたくさんの人《ひと》が熱心《ねっしん》に読《よ》んでいる本《ほん》なんだよ。

先生《せんせい》は特《とく》にここのところが好《す》きで、いつも穏《おだ》やかな気持《きも》ちでいることが健康《けんこう》のヒケツだと思《おも》っているんだよ。貝原益軒《かいばらえきけん》の教《おし》え、キミの心《こころ》にも届《とど》いて欲《ほ》しいな。

【おさらいクイズ】（　）の中《なか》は、どんな言葉《ことば》だったか、覚《おぼ》えていますか。

養生《ようじょう》の術《じゅつ》は先《まず》(　　)を養《やしな》ふべし。

答《こた》え……心気《しんき》

第《だい》16回《かい》【生《い》き方《かた》・考《かんが》え方《かた》】

先生《せんせい》からのおすすめメッセージ

世《よ》の中《なか》の人《ひと》のためになること

何《なに》か行動《こうどう》をしようと思《おも》った時《とき》、
「人《ひと》に変《へん》だと思《おも》われたらどうしよう……」と
周《まわ》りの人《ひと》の目《め》が気《き》になることってあるよね。
そう思《おも》ってしまうと、何《なに》もできなくなってしまう。
でも、その行動《こうどう》が、世《よ》の中《なか》の人《ひと》のためになることだったら、
ためらうことなく実行《じっこう》することが大切《たいせつ》なんだ。
そういう勇気《ゆうき》がわいてくる言葉《ことば》を紹介《しょうかい》するよ。

——奈良県《ならけん》の先生《せんせい》

みてみよう！

立志《りっし》は特異《とくい》を尚《たっと》ぶ、
俗流《ぞくりゅう》は與《とも》に議《ぎ》し難《がた》し。
身后《しんご》の業《ごう》を顧《おも》はず、
且《か》つ目前《もくぜん》の安《やす》きを偸《ぬす》む。

百年《ひゃくねん》は一瞬《いっしゅん》のみ、
君子《くんし》素餐《そさん》するなかれ。

吉田松陰《よしだしょういん》

立志《りっし》は特異《とくい》を尚《たっと》ぶ

知ればなっとく!

吉田松陰《よしだしょういん》は、木戸孝允《きどたかよし》や伊藤博文《いとうひろぶみ》といった、明治時代《めいじじだい》に新《あたら》しい日本《にほん》をつくった人達《ひとたち》の先生《せんせい》なんだよ。松下村塾《しょうかそんじゅく》という塾《じゅく》で教《おし》え、武士《ぶし》だけでなく町人《ちょうにん》・農民《のうみん》にも分《わ》けへだてなく学問《がくもん》を教《おし》えたんだ。

その吉田松陰《よしだしょういん》は、幕府《ばくふ》につかまって牢屋《ろうや》で命《いのち》を落《お》とすんだけど、その1年前《ねんまえ》に、弟子《でし》に向《む》けて書《か》いた作品《さくひん》がこの作品《さくひん》なんだ。

松陰《しょういん》はここで「自分《じぶん》の志《こころざし》は人《ひと》と違《ちが》っていていい。志《こころざし》を立《た》てたなら、目先《めさき》の楽《たの》しみは一時《いちじ》しのぎでしかない。百年《ひゃくねん》は一瞬《いっしゅん》だ。才能《さいのう》を伸《の》ばさないまま、いたずらに時間《じかん》を無駄《むだ》にするな」と言《い》っているんだよ。

つまり、自分《じぶん》が正《ただ》しいと信《しん》じた道《みち》を進《すす》むことが大切《たいせつ》だということ。

みんなも、志《こころざし》を立《た》てて、一瞬一瞬《いっしゅんいっしゅん》を大切《たいせつ》に生《い》きなくてはならないね。

【おさらいクイズ】（　）の中《なか》は、どんな言葉《ことば》だったか、覚《おぼ》えていますか。

百年《ひゃくねん》は（　　　）のみ、君子素餐《くんしそさん》するなかれ。

答《こた》え……一瞬《いっしゅん》

第《だい》17回《かい》【生《い》き方《かた》・考《かんが》え方《かた》】

先生《せんせい》からのおすすめメッセージ

時間《じかん》の大切《たいせつ》さ

あなたの目《め》の前《まえ》に、砂時計《すなどけい》があるとしよう。
砂《すな》は次々《つぎつぎ》に下《した》へ落《お》ちていく。
時間《じかん》も砂《すな》と同《おな》じ。
とどまることなく過《す》ぎていく。
こうして文章《ぶんしょう》を読《よ》み進《すす》めている今《いま》も。
時間《じかん》の大切《たいせつ》さを感《かん》じさせる言葉《ことば》を紹介《しょうかい》するね。

——岩手県《いわてけん》の先生《せんせい》

少年《しょうねん》老《お》い易《やす》く学《がく》成《な》り難《がた》し
一寸《いっすん》の光陰《こういん》軽《かろ》んず可《べ》からず

未《いま》だ覚《さ》めず池塘《ちとう》春草《しゅんそう》の夢《ゆめ》
階前《かいぜん》の梧葉《ごよう》已《すで》に秋声《しゅうせい》

朱熹《しゅき》

少年《しょうねん》老《お》い易《やす》く学《がく》成《な》り難《がた》し

知ればなっとく!

朱熹《しゅき》は中国《ちゅうごく》の思想家《しそうか》で、朱子学《しゅしがく》という学問《がくもん》を作《つく》り上《あ》げた人《ひと》だよ。日本《にほん》でも江戸時代《えどじだい》に強《つよ》い影響《えいきょう》を受《う》けたんだ。この言葉《ことば》は、その朱熹《しゅき》の作品《さくひん》といわれる『偶成《ぐうせい》』という詩《し》だよ。

「小《ちい》さい時《とき》から学問《がくもん》で身《み》を立《た》てようと心《こころ》に決《き》めていながら、老《お》いを迎《むか》える今《いま》になっても成果《せいか》をあげることができずにいる。それは、まるで春《はる》の草《くさ》が池《いけ》のほとりに青々《あおあお》と芽吹《めぶ》いたと思《おも》っていると、いつの間《ま》にか庭先《にわさき》の梧桐《ごよう》(あおぎり)の葉《は》が秋風《あきかぜ》にさらさら鳴《な》る秋《あき》の訪《おとず》れをむかえてしまっているのと同《おな》じようだ」という意味《いみ》だよ。

夢《ゆめ》や希望《きぼう》を持《も》っていても、現実《げんじつ》はなかなか思《おも》うようにいかないもの。ぼんやりしていると、時間《じかん》だけが過《す》ぎて年《とし》を重《かさ》ねてしまうんだ。

一寸一刻《いっすんいっこく》の時間《じかん》もおろそかにはできないね。

ご用心《ようじん》! ご用心《ようじん》!

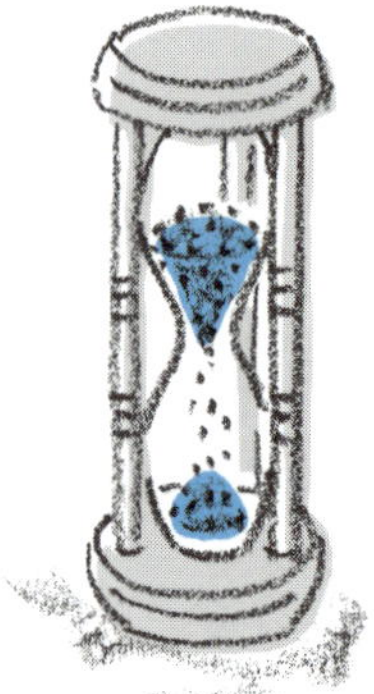

【おさらいクイズ】 ( )の中《なか》は、どんな言葉《ことば》だったか、覚《おぼ》えていますか。

一寸《いっすん》の(　　　)軽《かろ》んず可《べ》からず

答《こた》え……光陰《こういん》

第《だい》18回《かい》【生《い》き方《かた》・考《かんが》え方《かた》】

先生《せんせい》からのおすすめメッセージ

何回《なんかい》もかんでいると本当《ほんとう》の味《あじ》が出《で》てくるんだ

ゴボウやダイコンなどは、実《じつ》は野菜《やさい》の根《ね》っこの部分《ぶぶん》。
キミは生《なま》のまま食《た》べたことはあるかな。
かたくて筋《すじ》が多《おお》いものは、何回《なんかい》もかむと、本当《ほんとう》の味《あじ》が出《で》てくるんだ。
かめばかむほど味《あじ》が出《で》る、そんな野菜《やさい》の根《ね》っこのような
言葉《ことば》を集《あつ》めた作品《さくひん》が『菜根譚《さいこんたん》』だよ。
この本《ほん》のなかで、特《とく》に先生《せんせい》が好《す》きなのは、
悲《かな》しいことに出《で》あっても、それをはね返《かえ》すような言葉《ことば》だ。
それを紹介《しょうかい》するから、
何度《なんど》もかみしめるように読《よ》んでね。

――――千葉県《ちばけん》の先生《せんせい》

みてみよう！

天《てん》、我《われ》に薄《うす》くするに福《ふく》を以《もっ》てせば、
吾《われ》、吾《わ》が徳《とく》を厚《あつ》くして以《もっ》てこれを迓《むか》えん。
天《てん》、我《われ》を労《ろう》するに形《かたち》を以《もっ》てせば、
吾《われ》、吾《わ》が心《こころ》を逸《いっ》にして以《もっ》てこれを補《おぎな》わん。

天《てん》、我《われ》を阨《やく》するに遇《ぐう》を以《もっ》てせば、
吾《われ》、吾《わ》が道《みち》を亨《とお》らしめて以《もっ》て之《これ》を通《つう》ぜん。
天《てん》且《か》つ我《われ》を奈何《いかん》せんや。

洪自誠《こうじせい》

菜《さい》根《こん》譚《たん》

「もし、天《てん》が私《わたし》の幸《しあわ》せを少《すく》なくするのなら、私《わたし》は良《よ》いことをたくさんしよう。もし、天《てん》が私《わたし》の体《からだ》を苦《くる》しめるのなら、私《わたし》は心《こころ》を楽《らく》にして過《す》ごそう。もし、天《てん》が私《わたし》を行《い》きづまらせるのなら、私《わたし》は自分《じぶん》の道《みち》を貫《つらぬ》いて生《い》きよう。

そうすれば、さすがの天《てん》も私《わたし》には何《なに》もできなくなるさ」

知ればなっとく!

こういう言葉《ことば》なんだけど、よくよく考《かんが》えれば考《かんが》えるほど、なるほどなって思《おも》えてくるんだ。

この『菜根譚《さいこんたん》』は400年《ねん》ほど前《まえ》、中国《ちゅうごく》で書《か》かれた本《ほん》で、人《ひと》の生《い》き方《かた》や自然《しぜん》との過《す》ごし方《かた》などがまとめて書《か》かれているんだ。

すばらしい言葉《ことば》がたくさんのっているので、今《いま》でも、愛読《あいどく》されている人気《にんき》のある本《ほん》だよ。

【おさらいクイズ】（　）の中《なか》は、どんな言葉《ことば》だったか、覚《おぼ》えていますか。

吾《わ》が（　　）を厚《あつ》くして以《もっ》てこれを迓《むか》えん。

答《こた》え……徳《とく》

第《だい》19回《かい》【生《い》き方《かた》・考《かん》え方《かた》】……（先生《せんせい》からのおすすめメッセージ）……

当《あ》たり前《まえ》と思《おも》っていたことに改《あら》めて感動《かんどう》

みんなは、いろんなことに悩《なや》むことがあると思《おも》うけれど、
ふと、「自分《じぶん》はなんて小《ちい》さくつまんないことで悩《なや》んでいたんだろう」と
思《おも》うことってないかな？
そういう時《とき》って、どんな時《とき》？
先生《せんせい》はね、今《いま》まで当《あ》たり前《まえ》と思《おも》っていたことに
改《あら》めて感動《かんどう》してしまう時《とき》って、心《こころ》がさわやかになり、
悩《なや》みがどこかに飛《と》んでいってしまうんだ。
そんなことに気《き》づかせてくれる言葉《ことば》を紹介《しょうかい》するね。

——北海道《ほっかいどう》の先生《せんせい》

みてみよう！

春《はる》に百花《ひゃっか》有《あ》り
秋《あき》に月《つき》有《あ》り、
夏《なつ》に涼風《りょうふう》有《あ》り
冬《ふゆ》に雪《ゆき》有《あ》り。

若《も》し閑事《かんじ》の心頭《しんとう》に
掛《か》くる無《な》くんば、
便《すなわ》ち是《こ》れ
人間《じんかん》の好時節《こうじせつ》。

春《はる》にはいろんな花《はな》がさいて、秋《あき》には美《うつく》しい月《つき》が出《で》て、夏《なつ》には暑《あつ》さを忘《わす》れるような涼《すず》しい風《かぜ》が吹《ふ》いて、冬《ふゆ》には真《ま》っ白《しろ》な雪《ゆき》が降《ふ》ってくる。

こういう当《あ》たり前《まえ》のことを、ああ美《うつく》しいなと思《おも》ったことあるでしょ。これが人間《にんげん》として大事《だいじ》な心《こころ》なんだなって、先生《せんせい》は思《おも》うんだ。

悩《なや》んでしまうのは仕方《しかた》ないけど、目《め》の前《まえ》の自然《しぜん》を見《み》て、美《うつく》しいと感《かん》じる時間《じかん》をつくってみると、生《い》きていることがとてもうれしい気分《きぶん》になるんだ。

さて、この言葉《ことば》、今《いま》から８００年《ねん》ほど前《まえ》に、中国《ちゅうごく》の無門慧開《むもんえかい》という禅僧《ぜんそう》（禅《ぜん》をするお坊《ぼう》さん）が集《あつ》めた『無門関《むもんかん》』にのっているんだよ。

先生《せんせい》はこの言葉《ことば》が大好《だいす》きなんだ。

【おさらいクイズ】　（　）の中《なか》は、どんな言葉《ことば》だったか、覚《おぼ》えていますか。

夏《なつ》に涼風《りょうふう》有《あ》り冬《ふゆ》に（　　）有《あ》り。

答《こた》え……雪《ゆき》

第《だい》20回《かい》【生《い》き方《かた》・考《かんが》え方《かた》】

自分《じぶん》をふるい立《た》たせてくれる言葉《ことば》

先生《せんせい》からのおすすめメッセージ

新《あたら》しく物事《ものごと》を始《はじ》めようとするときの気持《きも》ちは、とても新鮮《しんせん》だよね。
たとえば、「よし、今日《きょう》から日記《にっき》を書《か》き続《つづ》けるぞ」
「今年《ことし》は読書《どくしょ》100冊《さつ》に挑戦《ちょうせん》だ」というように。
何《なに》かを決意《けつい》するときは、体中《からだじゅう》にエネルギーがあふれ、
気持《きも》ちも前向《まえむ》きになってるね。
でも、何《なに》かをし続《つづ》けている途中《とちゅう》には、
くじけそうになったり
あきらめようとしたりすることがあるよね。
そんな自分《じぶん》をふるい立《た》たせてくれる言葉《ことば》があるんだ。

——岩手県《いわてけん》の先生《せんせい》

初心《しょしん》忘《わす》るべからず

時々《ときどき》の初心《しょしん》忘《わす》るべからず

老後《ろうご》の初心《しょしん》忘《わす》るべからず

世阿弥《ぜあみ》

初心《しょしん》忘《わす》るべからず

知ればなっとく!

およそ600年前《ねんまえ》の室町時代《むろまちじだい》に、「能楽《のうがく》」をつくった世阿弥《ぜあみ》という人《ひと》の言《こと》葉《ば》なんだ。「能楽《のうがく》」っていうのは、日本《にほん》の古《ふる》い時代《じだい》に生《う》まれた歌《うた》と舞《まい》の演《えん》劇《げき》のことだよ。

最初《さいしょ》の「初心《しょしん》……」は、「若《わか》いころの未熟《みじゅく》な自分《じぶん》の腕前《うでまえ》を忘《わす》れなければ、そこからどれぐらい自分《じぶん》が成長《せいちょう》したかわかる」という意味《いみ》だね。

次《つぎ》の「時々《ときどき》の初心《しょしん》……」は、「だんだん上達《じょうたつ》してきた自分《じぶん》の腕前《うでまえ》を、その時々《ときどき》に初《はじ》めのころと比《くら》べてみることにより、自分《じぶん》の実力《じつりょく》を高《たか》めることになる」という意味《いみ》だ。

最後《さいご》の「老後《ろうご》の初心《しょしん》……」は、「年老《としお》いても、その年《とし》に見合《みあ》うような腕前《うでまえ》をみがこうとすることで、さらなる上達《じょうたつ》がある」という意《い》味《み》だ。

いくつになっても、「初心《しょしん》」を大事《だいじ》にして自分《じぶん》を高《たか》めたいね。

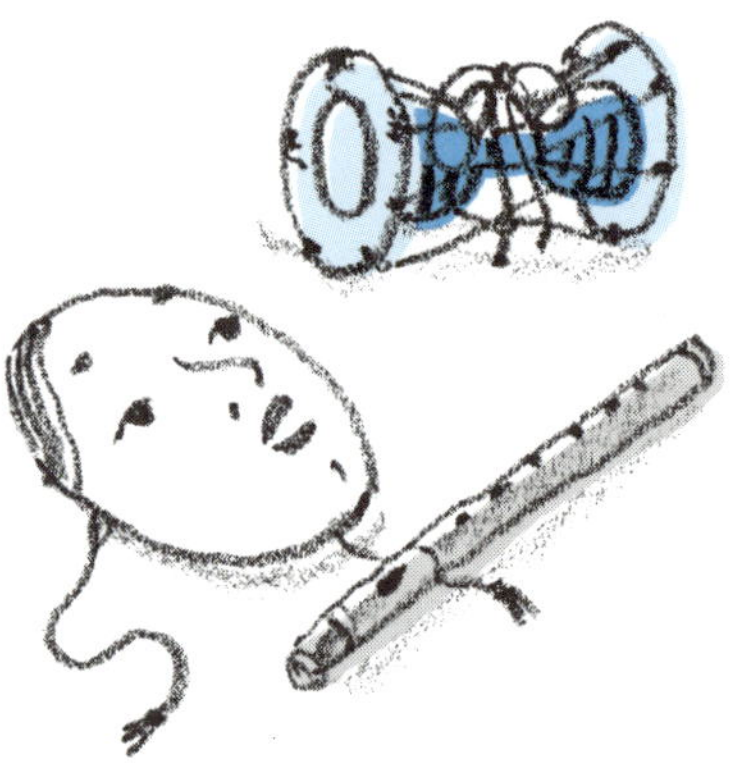

【おさらいクイズ】（　）の中《なか》は、どんな言葉《ことば》だったか、覚《おぼ》えていますか。

初心忘《しょしんわす》るべからず　（　　）の初心忘《しょしんわす》るべからず
老後《ろうご》の初心忘《しょしんわす》るべからず

答《こた》え……時々《ときどき》

先生《せんせい》からのおすすめメッセージ

見《み》かけじゃないよ！中身《なかみ》だよ！

先生《せんせい》が子《こ》どものころ、筆箱《ふでばこ》を買《か》うとき、たくさん機能《きのう》がついた筆箱《ふでばこ》があり、とてもおもしろそうなので、それを買《か》おうとしたら、一緒《いっしょ》にいた近所《きんじょ》のお兄《にい》さんが、「こっちの方《ほう》が使《つか》いやすいよ」と、ファスナーで開《あ》け閉《し》めするだけの筆入《ふでい》れをすすめてくれたんだ。地味《じみ》だなと思《おも》ったけど、実際《じっさい》にとても使《つか》いやすく、大学生《だいがくせい》になるまで使《つか》い続《つづ》けたんだ。見《み》かけじゃないよ！　中身《なかみ》だよ！　と、そんなことを教《おし》えてくれる言葉《ことば》を紹介《しょうかい》するよ。

——北海道《ほっかいどう》の先生《せんせい》

みてみよう！

山高《やまたか》きが故《ゆえ》に貴《たっと》からず、
樹《き》有《あ》るをもって貴《たっと》しとす。

人肥《ひとこ》えたるが故《ゆえ》に貴《たっと》からず、
智有《ちあ》るをもって貴《たっと》しとす。

実語教《じつごきょう》

知ればなっとく!

このお話《はなし》は、鎌倉時代《かまくらじだい》にできた『実語教《じつごきょう》』のなかのひとつなんだよ。『実語教《じつごきょう》』は江戸時代《えどじだい》に子《こ》ども達《たち》が勉強《べんきょう》した寺子屋《てらこや》などで教科書《きょうかしょ》のように使《つか》われていた本《ほん》だよ。

「貴《たっと》からず」というのは、「立派《りっぱ》じゃないよ」「大切《たいせつ》じゃないよ」という意味《いみ》。本当《ほんとう》に大事《だいじ》なことってどんなことなのか、それをこの言葉《ことば》は教《おし》えてくれているんだね。

たとえば、電車《でんしゃ》のなかでお年寄《としよ》りに席《せき》を進《すす》んでゆずってあげる人《ひと》。弱《よわ》い者《もの》いじめを見《み》て、やめろと言《い》える人《ひと》。家族《かぞく》を大切《たいせつ》に考《かんが》える人《ひと》。出来《でき》ないからと言《い》ってあきらめず苦手《にがて》なことをがんばって克服《こくふく》しようとしている人《ひと》。夢《ゆめ》に向《む》かってひとつひとつ努力《どりょく》をしていく人《ひと》。自分《じぶん》が知《し》らないことをたくさん知《し》っている人《ひと》。そういう人《ひと》ってすごいなあと思《おも》いませんか?

高《たか》い品物《しなもの》を持《も》っているとか、お金《かね》をたくさん持《も》っているとか、これは立派《りっぱ》の内《うち》に入《はい》らないと先《せん》生《せい》は思《おも》うんだ。

中身《なかみ》をしっかりとつくりあげること。これが一《いち》番大切《ばんたいせつ》なことなんだね。

【おさらいクイズ】 (　)の中《なか》は、どんな言葉《ことば》だったか、覚《おぼ》えていますか。

山高《やまたか》きが故《ゆえ》に貴《たっと》からず、

(　　　)有《あ》るをもって貴《たっと》しとす。

答《こた》え……樹《き》

第《だい》22回《かい》【中国《ちゅうごく》の詩《し》】

先生《せんせい》からのおすすめメッセージ

リズムに引《ひ》きこまれてしまった

昔《むかし》の中国《ちゅうごく》、唐《とう》の時代《じだい》につくられた詩《し》を紹介《しょうかい》するよ。
先生《せんせい》が初《はじ》めてこれを読《よ》んだとき、
意味《いみ》はすぐにわからなかったんだけど、
そのリズムに引《ひ》きこまれてしまったんだ。
短《みじか》くすっきりとした言葉《ことば》が心地《ここち》良《よ》く、
すぐに覚《おぼ》えてしまったものさ。
漢字《かんじ》もよく見《み》てほしい。
心《こころ》にうったえてくる漢字《かんじ》がきっとあるはずだよ。
さあ、声《こえ》に出《だ》して読《よ》んでみよう。

——栃木県《とちぎけん》の先生《せんせい》

みてみよう!

春望《しゅんぼう》

国破《くにやぶ》れて山河《さんが》在《あ》り
城春《じょうはる》にして草木《そうもく》深《ふか》し
時《とき》に感《かん》じては花《はな》にも涙《なみだ》を濺《そそ》ぎ
別《わか》れを恨《うら》んでは鳥《とり》にも心《こころ》を驚《おどろ》かす

烽火《ほうか》　三月《さんがつ》に連《つら》なり
家書《かしょ》　万金《ばんきん》に抵《あた》る
白頭《はくとう》　掻《か》けば更《さら》に短《みじか》く
渾《すべ》て簪《しん》に勝《た》えざらんと欲《ほっ》す

杜甫《とほ》

春望《しゅんぼう》

知ればなっとく！

1000年以上前《ねんいじょうまえ》の中国《ちゅうごく》の詩《し》で、つくったのは杜甫《とほ》。有名《ゆうめい》な詩人《しじん》だよ。杜甫《とほ》は、社会《しゃかい》の様子《ようす》を見《み》て感《かん》じたことを詩《し》に表現《ひょうげん》することで思《おも》いを伝《つた》え、残《のこ》していったんだ。この詩《し》は、そのなかでも有名《ゆうめい》な作品《さくひん》のひとつだよ。

「戦《たたか》いで国《くに》が壊《こわ》されてしまったが、山《やま》や河《かわ》は変《か》わらない」と始《はじ》まるこの詩《し》。悲《かな》しい気持《きも》ちが伝《つた》わってくるよね。でもね、詩《し》の題《だい》は「春望《しゅんぼう》」。「望《ぼう》」は〝ながめる〟という意味《いみ》だけど、先生《せんせい》には、まだ〝のぞみ〟がある！　と感《かん》じられるんだ。

杜甫《とほ》がこの詩《し》をつくってから900年後《ねんご》、松尾芭蕉《まつおばしょう》がこの詩《し》に感動《かんどう》して「夏草《なつくさ》や　兵《つわもの》どもが　夢《ゆめ》の跡《あと》」をつくったと言《い》われているんだよ。

【おさらいクイズ】　（　）の中《なか》は、どんな言葉《ことば》だったか、覚《おぼ》えていますか。

国破《くにやぶ》れて（　　　）在《あ》り　城春《じょうはる》にして草木深《そうもくふか》し

答《こた》え……山河《さんが》

第《だい》23回《かい》【中国《ちゅうごく》の詩《し》】

先生《せんせい》からのおすすめメッセージ

お昼《ひる》近《ちか》くなって目《め》が覚《さ》めることもある

春《はる》になると、暖《あたた》かくなってきて、
ついつい居眠《いねむ》りをしてしまうことがあるよね。
特《とく》に、土曜《どよう》や日曜《にちよう》の朝《あさ》は、いつもよりぐっすり寝《ね》ていて、
お昼近《ひるちか》くなって目《め》が覚《さ》めることもあるよね。
そんなとき、ちょっときまりが悪《わる》いので、
先生《せんせい》はこの詩《し》を口《くち》にすることがあるんだ。
とってもすてきな詩《し》だよ。

——奈良県《ならけん》の先生《せんせい》

みてみよう!

春眠《しゅんみん》　暁《あかつき》を覚《おぼ》えず
処々《しょしょ》　啼鳥《ていちょう》を聞《き》く

夜来《やらい》　風雨《ふうう》の声《こえ》
花《はな》落《お》つること
知《し》らぬ多少《たしょう》ぞ

孟浩然《もうこうねん》

【中国の詩《ちゅうごくのし》】

春眠《しゅんみん》暁《あかつき》を覚《おぼ》えず

知ればなっとく！

孟浩然《もうこうねん》は、今《いま》から1300年《ねん》ほど前《まえ》に活躍《かつやく》した中国《ちゅうごく》の詩人《しじん》だよ。この詩《し》は『春暁《しゅんぎょう》』というとくに有名《ゆうめい》な詩《し》なんだ。1行目《ぎょうめ》はたいていの大人《おとな》は知《し》っているよ。

「春暁《しゅんぎょう》」は春《はる》の夜明《よあ》けのこと。

「春《はる》の眠《ねむ》りは心地《ここち》よく、朝《あさ》が来《き》たことがわからないほどだ。鳥《とり》の声《こえ》が聞《き》こえているなぁ。昨夜《さくや》は風雨《ふうう》が強《つよ》かったようだけど、花《はな》はどれほど落《お》ちたことか、それもよくわからないほど、春《はる》の眠《ねむ》りは心地《ここち》良《よ》い」という意味《いみ》だよ。

こんな風《ふう》な気持《きも》ちで、春《はる》の朝《あさ》をむかえられる日《ひ》は、ほのぼのしていて、良《よ》い一日《いちにち》って感《かん》じがするね。

【おさらいクイズ】 （　）の中《なか》は、どんな言葉《ことば》だったか、覚《おぼ》えていますか。

花落《はなお》つること多少《たしょう》なるを（　　）んや

答《こた》え……知《し》ら

第《だい》24回《かい》【中国《ちゅうごく》の詩《し》】

（先生《せんせい》からのおすすめメッセージ）

帰《かえ》りたい故《こ》郷《きょう》に帰《かえ》れない

杜《と》甫《ほ》の詩《し》のなかでもこの作品《さくひん》は、高《たか》く評価《ひょうか》されているよ。
読《よ》む前《まえ》に、少《すこ》しアドバイスをしておくね。
まず、1行目《ぎょうめ》と2行目《ぎょうめ》は、
春《はる》の景色《けしき》がうたわれていて、とても美《うつく》しいんだ。
頭《あたま》のなかの画用紙《がようし》に風景画《ふうけいが》を描《えが》くように読《よ》んでみてね。
3行目《ぎょうめ》と4行目《ぎょうめ》は、
帰《かえ》りたい故郷《こきょう》にまた今年《ことし》の春《はる》も帰《かえ》れない、
彼《かれ》の心《こころ》の様子《ようす》がうたわれているよ。
じっくり味《あじ》わってみてね。

——千葉県《ちばけん》の先生《せんせい》

みてみよう！

江《こう》は碧《みどり》にして鳥《とり》は逾《いよい》よ白《しろ》く
山《やま》は青《あお》くして花《はな》は然《も》えんと欲《ほっ》す

今《こ》の春《はる》も看《ま》のあたりに又過《またす》ぐ
何《なん》の日《ひ》か是《こ》れ帰《かえ》る年《とし》ぞ

杜甫《とほ》

江《こう》は碧《みどり》にして鳥《とり》は逾《いよい》よ白《しろ》く

頭《あたま》に景色《けしき》が浮《う》かんだかい。この詩《し》は、こんな意味《いみ》だよ。
「水《みず》は碧色《みどりいろ》に澄《す》んで、鳥《とり》はますます白《しろ》くみえる。山《やま》の木々《きぎ》は緑《みどり》に萌《も》え、花《はな》は燃《も》えるように赤《あか》い。この春《はる》も、またたく間《ま》に過《す》ぎようとしている。故《こ》郷《きょう》に帰《かえ》る日《ひ》はいつになったら来《く》るのだろうか」

杜甫《とほ》の時代《じだい》の中国《ちゅうごく》は、唐《とう》とよばれて都《みやこ》は長安《ちょうあん》だった。杜甫《とほ》は、そこへ帰《かえ》りたかったけれども、戦乱《せんらん》のため、とうとう死《し》ぬまで帰《かえ》れなかったんだ。杜甫《とほ》は毎年《まいとし》、毎年《まいとし》、さぞつらく悲《かな》しかっただろうね。山《やま》も河《かわ》もまた春《はる》をむかえている。だけど、自分《じぶん》はまた今年《ことし》も故郷《こきょう》を遠《とお》く離《はな》れているんだから。

この詩《し》は、1行《ぎょう》でひとつの句《く》になっていて、さらに、第《だい》1句《く》から第《だい》4句《く》までが、起承転結《きしょうてんけつ》の形《かたち》になっているんだ。「江《こう》は」で話《はなし》が始《はじ》まり、「山《やま》は」がそれを受《う》けている。「今《こ》の」で話《はなし》が変《か》わって、内容《ないよう》が景色《けしき》から時間《じかん》の経過《けいか》に移《うつ》った。最後《さいご》に「何《なん》の日《ひ》か」で気持《きも》ちを表《あらわ》してしめくくっている。

悲《かな》しみが伝《つた》わる見事《みごと》な展開《てんかい》だね。

【おさらいクイズ】 (　)の中《なか》は、どんな言葉《ことば》だったか、覚《おぼ》えていますか。

山《やま》は青《あお》くして花《はな》は(　　　)と欲《ほっ》す

答《こた》え……然《も》えん

第《だい》25回《かい》【中国《ちゅうごく》の詩《し》】

先生《せんせい》からのおすすめメッセージ

月《つき》明《あ》かりが、やけに明《あか》るい

月《つき》明《あ》かりが、やけに明《あか》るいなって、感《かん》じたことがあるかな。
空《そら》には、満月《まんげつ》。
夜《よる》だというのに、あたりがよく見《み》えるんだ。
そんな月《つき》の光《ひかり》が寝室《しんしつ》に差《さ》しこんできて、
ふっと思《おも》ったことを描《えが》いた
有名《ゆうめい》な詩《し》があるよ。
よく味《あじ》わって読《よ》んでみてね。

――千葉県《ちばけん》の先生《せんせい》

みてみよう！

牀前《しょうぜん》　月光《げっこう》を看《み》る
疑《うたが》うらくは是《こ》れ地上《ちじょう》の霜《しも》かと

頭《こうべ》を挙《あ》げて　山月《さんげつ》を望《のぞ》み

頭《こうべ》を低《た》れて　故郷《こきょう》を思《おも》う

李白《りはく》

静《せい》夜《や》思《し》

知ればなっとく！

中国《ちゅうごく》の有名《ゆうめい》な詩人《しじん》、李白《りはく》の書《か》いた詩《し》だよ。李白《りはく》が活躍《かつやく》したのは、1300年《ねん》ほど前《まえ》のことで、そのころの中国《ちゅうごく》は「唐《とう》」という国《くに》が支配《しはい》していたんだ。

「牀《しょう》」は寝床《ねどこ》。寝床《ねどこ》の前《まえ》に月明《つきあ》かりがさしていたんだね。まるで、霜《しも》が降《お》りたように李白《りはく》には見《み》えたんだ。そうして、ふと頭《あたま》をあげて外《そと》を見《み》ると山《やま》に月《つき》が見《み》えジーンと来《き》たんだね。そうしたら、自然《しぜん》と頭《あたま》が下《さ》がってきて、ふるさとのことを思《おも》いだしたんだ。

自然《しぜん》が生《う》み出《だ》す美《うつく》しい光景《こうけい》を見《み》て、心《こころ》に何《なに》かが響《ひび》いてくるって、良《よ》いよね。

そんな時《とき》、先生《せんせい》も少《すこ》し詩《し》を書《か》いてみたくなることがあるんだ。

【おさらいクイズ】 （　）の中《なか》は、どんな言葉《ことば》だったか、覚《おぼ》えていますか。

頭《こうべ》を挙《あ》げて　（　　　）を望《のぞ》み

頭《こうべ》を低《た》れて　故郷《こきょう》を思《おも》う

答《こた》え……山月《さんげつ》

古《こ》典《てん》を選《えら》んだ先《せん》生《せい》たち

渥美清孝 先生
青木慎吾 先生
青木典子 先生
阿部和実 先生
石川真悦 先生
井関和代 先生
伊藤　聡 先生
岩瀬正幸 先生
上澤篤司 先生
大石　亨 先生
大神田信教 先生

大久保聡栄 先生
大角竹史 先生
大谷雅昭 先生
大前暁政 先生
大本奈央子 先生
小川義一 先生
沖田道世 先生
奥田吉彦 先生
恩田弘子 先生
梶川高彦 先生
片渕浩也 先生
加藤成二 先生
金沢祐美 先生
鎌田憲明 先生
神山雄樹 先生
神谷睦美 先生
神吉　満 先生
神藤　晃 先生
神部秀一 先生

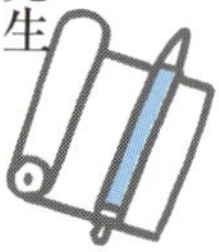

木下浩利 先生
工藤良信 先生
栗原正世 先生
小出　潤 先生
小田切亮 先生
小林　禎 先生
駒井康弘 先生
酒井和広 先生
坂本繁正 先生
櫻井智雄 先生
佐々木智光 先生
佐藤　翔 先生
佐藤繁樹 先生
佐藤俊一 先生
佐藤多佳子 先生
佐藤　仁 先生
重松孝信 先生
篠田千絵 先生
篠田裕文 先生

渋江隆夫 先生
清水晴子 先生
清水秀峰 先生
城ヶ﨑滋雄 先生
小路健太郎 先生
菅原美喜夫 先生
鈴木光城 先生
須田　尚 先生
関田聖和 先生
関根達郎 先生
高野茂樹 先生
田上尚美 先生
瀧澤　真 先生
竹村和浩 先生
田畑　忍 先生
塚田直樹 先生
照井孝司 先生
冨樫いずみ 先生
冨樫忠浩 先生

戸田正敏 先生
鳥羽大河 先生
中井厚子 先生
長廻　修 先生
中嶋郁雄 先生
中林数籍 先生
中村健一 先生
中村信夫 先生
新納昭洋 先生
畠山　忠 先生
日置敏雅 先生
平井美穂 先生
平田　園 先生
平野太一 先生
平野裕子 先生
深澤五郎 先生
福山憲市 先生
藤井良寛 先生
藤原明日香 先生

藤本浩行 先生
前田陽孝 先生
松尾浩昭 先生
松久一道 先生
水野真二郎 先生
三橋　勉 先生
三好定巳 先生
山田洋一 先生
山中伸之 先生
山根　徹 先生
山根基秀 先生
山本正実 先生
山本幹雄 先生
横山験也 先生
吉田博実 先生
若月安明 先生

【中国語読み・協力】

万磊
楊敏敏
徐明芳
和秀蓮
候亜君
宋雅静
田雪梅

［主な参考文献］

『土佐日記』紀貫之／鈴木知太郎 校注／岩波書店、『方丈記』市古貞次 校注／岩波文庫／岩波書店、『源氏物語』玉上琢彌 訳注／第一巻／角川文庫／角川学芸出版、『古典を読む 平家物語』木下順二／同時代ライブラリー 253／岩波書店、『新訂 徒然草』西尾実 安良岡康作 校注／岩波文庫／岩波書店、『論語』吉川幸次郎／朝日選書1001／上・下巻／朝日新聞社、『老子』蜂屋邦夫 訳注／岩波書店、『わらべうた』町田嘉章 浅野建二 編／岩波書店、『草枕』夏目漱石／岩波文庫／岩波書店、『養生訓・和俗童子訓』貝原益軒／石川謙 校訂／岩波書店、『吉田松陰全集』山口教育会 編纂／第六巻／大和書房、『言志四録（四）』川上正光／講談社学術文庫／講談社、『菜根譚』洪自誠／今井宇三郎 訳注／岩波書店、『無門関』古田紹欽 訳注／角川文庫／角川書店、『花鏡 謡秘伝鈔 演劇資料選書1』早稲田大学坪内博士記念演劇博物館 編／飛鳥書房、『十躰千字文』大橋新太郎 編纂／博文館、『杜甫詩選』黒川洋一 編／岩波書店、『唐詩選（中）』前野直彬 注解／岩波書店、『新唐詩選』吉川幸次郎 三好達治／岩波新書／岩波書店、『李白詩選』松浦友久 編訳／岩波文庫／岩波書店

編者…………**横山 験也**●よこやま　けんや

教育文化研究者。1954年生まれ。千葉大学教育学部を卒業後、千葉市内の小学校に勤務。2001年に独立。著書に『行儀作法の教科書』（岩波ジュニア新書／岩波書店）、『明治人の作法』（文春新書／文藝春秋）、『尋常小学校を体験！　残しておきたいこの授業』（PHP研究所）、『チャレンジ！ 学校クロスワード王』シリーズ、『チャレンジ！　学校クイズ王』シリーズ（ほるぷ出版）などがある。かかわった本は、総数100冊を超える。算数ソフト『子どもが夢中で手を挙げる算数の授業』シリーズ（さくら社）など、学習用のコンピュータソフト開発も手がける。朝日小学生新聞に学習パズルを長期連載中。
著者ホームページ　http://www.kennya.jp

小学古典推進委員………**山中伸之　中嶋郁雄　藤原明日香　駒井康弘**

ブックデザイン……………須藤康子＋島津デザイン事務所
編集コーディネート………島津由比（beans）
イラスト……………………大庭賢哉　大久保友博　中山成子

100人の先生が選んだ　こども古典
1分で音読する古典

2011年2月28日　第1刷発行
2012年3月31日　第2刷

［編］　横山験也

発行者……………………平井清隆
発行所……………………株式会社ほるぷ出版
〒101-0061 東京都千代田区三崎町3-8-5
TEL 03-3556-3991　FAX 03-3556-3992
http://www.holp-pub.co.jp
印　刷……………………共同印刷株式会社
製　本……………………株式会社ハッコー製本

ISBN978-4-593-56992-2　NDC811　A5　111P